KB233231

머리 우에 나무 잎은
흐늘흐늘 흐느끼고
발 아래 산과 들은
넘실넘실 물결친다

—처녀들 춤추며 숲 속으로 사라지자

우편으로서 향단이 데리고 춘향이가 나오는데,
수화류문 초록 장옷 남방사 홋단 치마 자주 영초
수당혜로 아름답고 고운 자태 아장 걸어 하늘 걸
어 가만 가만 나오면서,

춘 향　청화 五월 단오 가절
　　　하늘도 맑을시고
　　　흰 구름 무심한 양
　　　둥덩실 떠 흐른다

　　　시냇물 굽이친데
　　　젖을 듯한 푸른 그늘
　　　자장 채송 당사 그네
　　　추천하는 처자로다

　　　그네 바람에 지는 꽃잎
　　　눈보라를 치는구나
　　　귀가문의 아낙네도
　　　가는 봄을 아끼는가

　　　　훨훨 흩듣는 꽃

　　　　지는 데가 어디메냐

　　　　높이 높이 나는 나비

　　　　잡을 길이 바이 없다

　　　　제 이름을 서로 불러

　　　　꾀꼬리로 우는 소리

　　　　가직히 시름겨운

　　　　이 내 수심 자아낸다

향　단　(무심히 듣다가 고개를 갸웃하고)

　　　　아씨도 무슨 시름이세요.

춘　향　(호젓한 웃음을 입가에 띄우며)

　　　　네가 내 마음을 다 알아도 그는 네가 모르리라.

　— 수작을 파하고 춘향이와 향단이, 오작교 사쁜 건너 추천을 할양으로 숲 속으로 들어가자,

좌편으로서 서산나귀 방울소리 딸랑딸랑 들리더니, 방자를 앞세우고 리도령이 나오는데, 삿도 자제 리몽룡의 호사를 볼작시면, 옥안 선풍 고운 얼굴, 전반 같은 채머리 곱게 빗어 밀기름에 잠재워 궁초당기 석황 물려 맵시 있게 잡아 땋고, 성천 수주 겹동배 세백저 상침바지, 극상세목 겹버선에 남갑사 다님 치고, 육사단 겹배자 밀화 단추 달아 입고, 통행전을 무릎 아래 는짓 매고, 영초단 허리띠 모초단 도리낭을 당팔사 갖은 매듭 고를 내어 는짓 매고, 쌍문초 진동청 중추막에 도포 받쳐 흑사띠를 흉중에 눌러 매고, 육분 당혜 끌면서 으젓하게 나오는데, 손에는 한자루 호당선을 쥐였다.

방　자　(리도령을 돌아보고 손으로 가리키며)

　　　　예가 바로 광한루요 저게 곧 오작교외다.

리도령　(고개를 끄덕이고)

　　　　남원읍 제일승지 광한루를 일컫더니,

　　　　명불허전으로 경개 과연 절승하다.

　　─ 광한루 섭적 올라, 이리 저리 두루 두루 산천 경개 둘러보고,

리도령　적성 아침날은

　　　　늦은 안개 띠여 있고

　　　　록수 저문 봄은

　　　　화류 동풍 둘렀는데

　　　　우람하고 높은 다락

　　　　아로새긴 부연추녀

　　　　네 활개를 쩍 벌리고

　　　　벽공에 솟았고나

　　　　황학루와 봉황대도

　　　　이만은 못하리라

　　(렴방 혼자서 고개를 끄덕이며)

　　좋다, 좋아……

　　　　책방 단장 안을

　　　　천하로만 여기고서

　　　　죽이리라 살리리라

　　　　들리느니 호령소리

　　　　섬돌의 긴 긴 해만

　　　　바라볼 뿐일러니

　　　　황홀한 대천지가

안하에 열리니
조롱에 가쳤던 새
허공에 난 것처럼
호연한 내 마음이
그냥 날 듯이나 싶고나
　　― 이때 내아에서 잡술상이 나와, 방자 받아 들고 루상으로 올라간다.

리도령　(방자를 향하여)
　　　후배 사령은 어디 갔느냐.

사　령　(좌편으로서 나오며)
　　　예―

리도령　이리 올라오너라.

사　령　예―
　　　(련해 허리를 굽신 굽신, 황공하여 그대로 서 있다.)

리도령　파탈하고 노닐 때에 상하를 너무 차리면 정도 없고 록록하고 때가
　　　묻어 못쓰느니라.
　　　네 어서 올라오너라.

사　령　황공하오이다
　　　(련해 굽신거리며 루상으로 올라온다.)

리도령　(방자를 향하여)
　　　향당에 막여치라니 후배 사령 상좌로 앉히고, 방자 너도 게 앉아
　　　라.

방　자　황공하오이다.
　　　― 파탈하고 둘러앉아 몇 순배 먹은 후에, 취흥이 도도하여 자리에서 일어나자,
　　　리도령 이리저리 루상을 거니르며,

리도령　평양 감영 대동문
　　　　련광정을 일렀고
　　　　진주의 촉석루와

충주의 탄금대를
승지라 이르건만
이에서 더할소냐
선경일시 분명하고나

광한루도 좋거니와
오작교 더욱 좋다
오작교 분명하니
견우 직녀 없을소냐

견우성은 내려니와
직녀성은 누구런고

— 후배 사령은 이 사이에 소리 없이 아래로 나려가고, 방자만 남았는데,
문득 리도령, 한편을 바라보자 정신이 황홀하여,

리도령　이애 방자야.
방　자　예—
리도령　저 건너 화림 중에
　　　　　언듯 번듯 저게 뭐냐
방　자　(홀깃 바라본 후, 시치미를 뚝 떼고)
　　　　　어디 무엇 말씀이요—
　　　　　소인 눈에는
　　　　　아무 것도 아니 뵈오
리도령　저게 그래 안보인다?
　　　　　내 부채발로 바라봐라
방　자　부처발 말고

미력발로 바라봐도

　　　　아무것도 아니 뵈오

리도령　(그대로 어린 듯 바라보며 반은 혼잣말처럼)

　　　　내가 아마도

　　　　탐심이 없으므로

　　　　금이 화해 뵈나 보다

방　자　금이란 당치 않소―

　　　　금생려수란들

　　　　물마다 금이 날가

　　　　적성강에 금 난단 말

　　　　들은 이가 없소이다

리도령　그렇다면 옥이로다

방　자　옥일리 있으리까―

　　　　옥출곤강이라 한들

　　　　뫼마다 옥이 나리

　　　　지리산은 령산이라

　　　　신선은 난다 하되

　　　　옥 난단 말 없느니다

리도령　그럼 정녕 귀신일다

방　자　백주 청명 밝은 날에

　　　　귀신이 어이 있으리까

리도령　(자못 초조하여)

　　　　이도 저도 아닐진대

　　　　그럼 대체 무엇이냐

　　　　갑갑하다 일러다오

방　자　(능청맞게 그제야 알아 본 듯이)

오— 저것이요? 난 또 뭐라고……

이제야 자세 보니
본읍 퇴기 월매 딸
춘향이로소이다
리도령 (빙긋이 웃으며)
기생의 딸?…… 그럼 부를 수 있겠구나. 네 가서 불러오너라.
방 자 (픽 웃으며)
불러오라구요?……

춘향의 고운 자태
남방에 유명키로

감사 병사 목부사며
군수 현감 관장들이
저마다 보려 하되

천하의 절색으로
녀공 재질 뛰여나고

문장을 겸전하여
녀중 군자로
자처하는 터이라
낱낱이 거절하니

황공하온 말씀으로
불러 보기 어렵내다

리도령 (듣고나자 다시 빙그레 웃으며)
　　　　네 말은 그러하나―, 내 저를 기생으로 알미 아니라, 글을 잘 한다
　　　　기로 청하는 터이니, 잔말 말고 불러오너라.

방　자 예―
　　　　― 저 방자 분부 듣고 춘향 부르러 건너간다. 맵시 좋은 저 방자, 인물 좋은 저
　　　　방자, 련잎 벙치 숙여 쓰고 중중거리고 건너 갈제, 한 푼 두 푼 걸음제를 서 푼
　　　　너 푼 건너가며, 조약돌 덤벅 쥐여 양류간에 앉은 꾀꼬리 툭 쳐 후리쳐 날려 보
　　　　며, 오작교 건너 가 춘향 추천하는 앞에 바드드득 달려들며,

방　자 아나 엿다, 춘향아―
　　　　― 부르는 소리에 춘향이 깜짝 놀라 그네에서 나려서자 향단이와 함께 양류간
　　　　으로 나오며,

춘　향 애고 그 녀석― 무슨 소리를 그렇게 질러?

방　자 (호들갑을 뜰며)
　　　　이애 춘향아
　　　　큰일 났다 큰일 났어

　　　　삿도 자제 도련님이
　　　　광한루에 오셨다가
　　　　너 노는 모양 보고
　　　　불러오란 령이 났다

향　단 (곁에 있다 나서며)
　　　　미친 소리 하지 마라. 도련님이 우리 아씰 어찌 알고 오라시여?

춘　향 (화를 내여)
　　　　이 녀석― 네가 아마도 내 말을 종달새 열씨 까듯 조랑 조랑 까바
　　　　쳤지?

방　자 (흥 코웃음 치고)
　　　　내가 네 말을 할 리가 있느냐? 네 처신이 글러서 그렇지……

춘 향 내가 그를께 무엇이냐?
방 자 (다시 한 번 코웃음 치고)
         네 그른 래력을
         네 들어보아라―

         계집아이 행실로서
         여봐라 추천을 하량이면
         네 집 후원에 그네를 매고
         남이 알가 모를가 한데서
         은근히 뒤는 게 옳지

         광한루 머지 않고
         또한 이곳을 론지하면
         록음 방초 승화시라
         방초는 푸렀는데

         앞내 버들은
         초록장 두르고
         뒷내 버들은 류록장 둘러
         한 가지 늘어지고
         한 가지 펑퍼져
         광풍을 겨워서
         우줄 우줄 춤추는데

         광한루 구경처에
         그네를 매고 네가 뛸 제
         외씨 같은 두 발길로

　　　　　백운 간에 노닐 적에

　　　　　홍상자락이 펄 펄
　　　　　백방사 속치마는
　　　　　동남풍에 펄렁 펄렁……

　　　　　도련님이 보시고 너를 부르시지 내가
　　　　　무슨 말을 하단 말가?— 잔말 말고 어서 가자.
춘　향　못 가겠다.
방　자　뭐?— 량반이 부르는데 천연스레 못 가겠다?……
향　단　(곁에 있다 또 나서며)
　　　　　이 녀석아. 도련님만 량반이고 우리 아씬 량반이 아니란 말이냐?
방　자　(픽 웃고)
　　　　　그까짓 량반이야 절름바리 량반이지.
　　　(다시 춘향이를 향하여)
　　　우리 도련님으로 말할진대—

　　　　　당대 충효 대가로서
　　　　　가세가 장안 갑부
　　　　　지벌은 연안이요
　　　　　외가는 청풍이라

　　　　　얼굴은 남중일색
　　　　　풍채는 호동이요
　　　　　문장은 최고운
　　　　　필법은 김생이라……

　　　　　호걸 남자로서 장안에 이름났다. 자아 가자—
춘　향　(동하는 기색 없이)
　　　　　그래도 못 가겠다.
방　자　(짐짓 눈을 둥그렇게 뜨며)
　　　　　뭐? 못 가?
춘　향　못 갈 래력을 들어보아라—
　　　　　량반댁 도련님이
　　　　　글 공부 아니하고
　　　　　유산하기 긴치 않고

　　　　　유산은 할지라도
　　　　　남의 집 녀자 보고
　　　　　전갈하기 당치 않고

　　　　　전갈은 할지라도
　　　　　녀자된 도리로서
　　　　　남자의 전갈 받고
　　　　　따라 가기 고이하다
방　자　말인즉 옳다마는—
　　　　　네가 만일 아니 가면

　　　　　래일 아침 조사 후에
　　　　　너의 모친 잡아다가
　　　　　책방 단장 안에
　　　　　마주걸이 하게 되면

　　　　　넌들 마음 어떠하며

창극 춘향전 65

내 맘인들 좋을소냐

(한 번 얼러 보고는 다음에 슬쩍 눙쳐)

이애 춘향아―

단오 명절 좋은 날에

재자 가인 서로 만나

시 한 수 화답함이

무어 례절에 구애되리

보배를 깨면 사가 되느니라. 자아 가자―

― 춘향이 입가에 보일 듯 말 듯 빙그레 웃음이 떠오르며 슬쩍 향단이를 돌아

본다.

방자 수작에 겁을 먹은 향단이가 기다리고 있었던 듯 눈짓하고 넌짓 밀어, 춘향

이 마침내 오작교를 건는다.

방 자 (한 번 싱긋 웃고 충충거리며 광한루로 돌아와)

춘향이 대령이요―

리도령 이리 오르라 일러라.

―춘향이 잠간 망설이다 마침내 련보를 정히 옮겨 충계를 올라선다.

리도령 춘향을 맞는 듯 한발자국 앞으로 나선다.

춘향 루상에 오르자 란간 앞에서 발길을 멈추고 샛별 같은 눈을 들어 리도령을

홀낏 보다 눈이 서로 마주치자 얼굴이 와락 붉어 아미를 숙인다.

리도령 춘향을 불러는 왔으나, 막상 대하니 가슴만 두근두근 정신이 암암하여

잠시 덤덤이 있다가 이윽고 입을 열어,

리도령 려염 처자 불러 보기 청문에 고이하나……

글을 잘 한다기 시나 한 수 화답할가 이렇듯 청한 게니…… 허
물 말라.

춘　향　(눈을 들어 부끄러이)

제가 무슨……

(들릴 듯 말 듯 한마디하고는 다시 아미 숙인다.)

리도령　이름은 춘향이라 들었거니와…… 성은 무엇이며 나이는 몇살이
뇨.

춘　향　성은 성가이옵고 나이는 십륙세로소이다.

리도령　나와 동갑 二八이로군……

　　— 그나마 몇 마디 묻고 나니 더 건넬 말이 없어, 리도령 어색하게 서 있는데,

춘　향　(외면한 채)

시속 인심 고약하니 그만 물러 가겠내다.

　　— 말을 마치며 곧 라상을 검쳐 잡고 외씨 같은 발을 옮겨 다락에서 나려간다.

　　— 리도령 멀거니 서 있다가 춘향이가 그대로 돌아가려는 짓을 보자.

리도령　춘향아.

　　— 춘향이 향단이와 더불어 나가다 말고 발길을 멈추며 그의 다음 말을 기다린
다.

리도령　(용기를 내여)

내 한가한 틈을 타서, 너를 한번 찾으려니와……; 너의 집이 어디메뇨?

　　— 춘향이 부끄럼을 머금고 선뜻 대답 못하다가, 들릴가 말가하게,

춘　향　방자가 아리이다.

　　— 한마디를 남기고 표연히 돌아간다.

　　— 리도령 그의 뒷모양을 잠간 바래다가,

리도령　방자가 아리이다……

　　— 춘향이 한 말을 무심히 뇌여 보고 혼자 빙그레 웃으며,

리도령　방자야 네 일러라

춘향 집이 어디메냐

방　자 (손을 넌짓 들어 가리키며)
　　　　저기 저 건너
　　　　동산은 울울하고
　　　　련당은 청청한데
　　　　문전에 수양버들
　　　　실실이 늘어지고
　　　　후원에 온갖 화초
　　　　란만히 피여 있어

　　　　송정 죽림 두 사이로
　　　　은은히 보이는게
　　　　바로 춘향의 집이니다
리도령　(고개를 끄덕이며)
　　　　장원이 정결하고
　　　　송죽이 울밀하니
　　　　춘향의 정절을
　　　　가히 짐작 하리로다
　　　(이윽히 그편을 바라보다가)
　　　　직녀 돌아가매
　　　　은하수가 아득하다
　　　　덩그렇게 빈 다락에
　　　　향기만 남아 있고
　　　　마음은 부질없이
　　　　오작교에 어리누나
　　　— 멀리서 은근히 들려 오던 五월 단오의 합창 소리 차츰 높아질 때,

　　　　　　　　　　　　　　　　　　　　　　　　　　　　　— 막 —

제 二 막

一 장 백년가약

一 막에서 열흘 지난 五월 보름날 밤.

춘향의 집 후원 별당— 부용당.

무 대

중앙에서 우편으로 치우쳐 밤과 루마루가 있고, 좌편은 후원으로 통했으니, 화계 우를 불작시면, 동백 춘백 영산홍에 모란 작약 월계화, 란초 지초 파초 치자 온갖 화초 란만하고,

밤은 깊어 三경인데, 빈 뜰에 휘영청 一五야 달이 밝다.

막이 오르면

방 안에 홀로 앉아 거문고를 타고 있는 춘향의 고운 자태가 주렴 너머로 보인다.

이윽고 한 곡조 타고나자, 거문고를 한 옆으로 밀어 놓고, 춘향이 부스스 일어나서 마루로 나온다.
깊은 밤, 때아닌 발자취에 놀랐는가— 개 짖는 소리 멀리서 들려온다.
춘향이 란간에 의지하여 그 편으로 잠간 눈을 주다가, 고개를 들어 달을 쳐다본다.

조금 가까이서 개 짖는 소리 또 들려온다.

춘향이 란간 앞을 떠나 몇 발자국 옮기다가, 마루 바닥에 떨어져 있는 책자를 집어들고 방으로 들어가며 곧 방문을 닫는다.

조금 동안을 두어 방 안의 등불이 꺼지고 빈 뜰과 루마루에 달빛만 가득한데, 문득 석탑에 잠든 개가 사람 자취 놀라 깨여 컹컹 짖고 내닫는다.

— 좌편 일각대문이 소리 없이 열리자, 청자 초롱에 불 밝혀 들고, 가만 가만 방자가 들어오며 뒤를 보고 손짓한다.

— 리도령 불안스러이 좌우를 살피면서 뒤 따라 들어와,

리도령 이애 방자야. 이렇게 암말 없이 들어 와도 좋으냐?

방 자 좋지 않으면 어쩌우?…… 그럼 그냥 돌아 갈라우?

— 방자 빈정대며 한마디 할 때에, 개가 또 컹컹 짖는다.

방 자 이—개. 이—개.

— 방자 손짓하여 개를 쫓다가 문득 우편으로 눈을 주고,

방 자 이거 야단 났소. 안에서 누가 나오나 보우

— 호들갑을 떨며 방자 입으로 훅 불어 초롱의 불을 끄자, 잡담 제하고 리도령의 손을 잡아 나무 뒤로 은신할 때,

— 안으로서 춘향모 월매가, 부산 백롱대에 서초 피여 입에 물고 아장아장 걸어 나오며,

월 매 저 개야 짖지 마라. 공산에 잠든 달을 네가 보고 왜 짖느냐?……
　　　속담에도 달 보고 짖는 개라더니 너를 보고 한 말일다.

— 월매 뜰 한가운데 와서 걸음을 멈추고 잠시 발을 쳐다보다가,

월 매 달 밝다 달도 밝다
　　　몹시도 밝을시고
　　　너는 하냥 그 빛이나 늙은 것은 내로구나

나도 젊어 다냥 시절
예쁘다는 말도 듣고
봄이면 화전놀이
가을이면 단풍구경

남원의 월매 월매
소문이 둥둥 떠서
주야 호강 사랑 속에
세월 가는 줄 몰랐더니……

홍안을 비취던 달
너는 하냥 그 빛으로
소연하기 서리 같은 내 백발을 비치누나
— 월매 노래하며 다시 안으로 발길을 향하는데, 개가 또 컹컹 짖는다.

월　매　저 개야 짖지 마라
　　　　참아 올 이 없으려든
　　　　무심한 달을 보고
　　　　네가 어이 이리 짖니
— 후원 쪽을 한 번 돌아보고 발길을 돌리려다 문득 다시 고개 돌려 나무 뒤를
살펴보고 깜짝 놀라,
(두어 걸음 뒤로 물러서면서)

　　　　아니, 네가 누구냐 응?……

　　　　선동이냐 인동이냐
　　　　봉래 방장 채약동가

어떠한 아이기에

아닌 밤중에

남의 집엘 들어 와서

은근히 앉았느냐

이놈 네가 필연 도둑놈이지?……

방　자　(나무 뒤로서 나오며)

쉬― 삿도 자제 도련님이 와 계시오.

월　매　(달빛에 그를 자세히 살펴보고)

너 이 자식 방자로구나. 그럼 진작 말을 해야지? 이거 대단 죄송

하구나……

― 불 끄고 소리 없던 춘향방의 영창문이 이때 바시시 열리며, 문틈으로 춘향이

의 하얀 얼굴이 밖을 내다보고는, 다시 영창문이 소리 없이 닫혀진다.

― 월매 리도령을 맞으려 나무 앞으로 몇 걸음 발길을 내여 놓을 때,

― 리도령 할 일없이 주저주저 나무 뒤에서 나온다.

월　매　(허, 허 웃고)

도련님, 이 늙은 것이 눈이 어두워 잘못 보고 말씀을 함부루 하였

으니 노여워 마옵시오.

리도령　아닌 밤중에 말도 없이 남의 집엘 들어 왔으니 그런 욕도 먹어 싸

지.

월　매　하, 하, 하…… 이리 쉬 풀어질 줄 알았더면 욕을 좀 더 많이 할걸.

하, 하, 하……

리도령　허, 허, 허, 허……

(따라서 웃었으나 아무래도 어색하다.)

월　매　도련님. 내 집에 나오시기 천만 의외요. 자― 안으로 들어가서 노시

다 가옵소서.

리도령　…………

방　자　(앞으로 나서며)

　　　춘향이 어디 갔소?— 도련님이 춘향이의 문장 말을 들으시고 벼

　　　르시고 벼르시다 이 밤에 나오셨다오.

월　매　(가볍게 웃으며)

　　　제가 글은 무슨…… 자— 도련님 올라가십시다.

　　— 월매 리도령을 인도하여 부용당 앞으로 걸어가며, 안을 향하여,

월　매　향단아—

소　리　네—

　　— 대답 소리 들리며, 월매가 댓돌 우에 올라서려 할 때, 안으로서 향단이 나온

　　다.

월　매　이애.

　　(향단이를 가까이 불러 귓속말로 몇 마디 이른다.)

향　단　네—

　　— 살짝 눈을 들어 리도령을 쳐다보고 향단이 안으로 들어가자,

　　— 월매 리도령을 인도하여 루마루로 올라서며,

월　매　(방을 향하여)

　　　악아— 자니? 이리 좀 나오너라.

　　　(리도령에게 자리를 권하며)

　　　도련님, 이리 앉으십시오.

　　— 리도령 자리에 앉으며 이리저리 둘러볼 때,

　　— 춘향방 영창문이 소리 없이 열리며, 춘향이 루마루로 나온다.

월　매　(딸을 쳐다보며)

　　　너 전날 광한루서 도련님을 뵈웠다지?…… 도련님이 널 보시러

　　　우정이 밤중에 나오셨단다. 인사를 여쭈어라.

　　— 춘향이 부끄러이 앞으로 나와 리도령에게 인사를 드린다.

월　매　(딸을 향하여)

　　　게 앉아라.

─ 춘향이 한 옆에가 외면하고 앉자,

월　매　(리도령을 향하여)
　　　　도련님이 내 집에를 오실 배 없는데, 이렇듯 찾아 주시니 대단 황
　　　　공하오이다.

리도령　그럴 리가 웨 있는가? 겸사의 말이로세.
　　　─ 겨우 한마디 대꾸를 하고는 다시 할 말이 없어 무료하게 앉았다가, 란간 넘
　　어로 초당에 붙인 액자(額字)를 바라보고,

리도령　부용당이라 잘도 썼다. 석봉(石峰)이 못 미치리……
　　　─ 그 말에 춘향이 샛별 같은 눈을 들어 리도령의 옆 얼굴을 쳐다보다가, 스스
　　로 낯을 붉히며, 다시 아미를 숙인다.

방　자　(마당 한구석에 쪼그리고 앉았다가)
　　　　액자 구경 오셨소?─ 할 말이 있으시면 선뜻 내여 놓실께지, 사내
　　　　대장부가 주저할게 무엇이요?

월　매　(그 말 듣자, 리도령을 물끄럼이 쳐다보며)
　　　　무엇을 그러시는지……
　　　─ 이 통에 리도령의 말문이 열렸것다.

리도령　다른 말이 아니로세─
　　　　우연히 광한루서
　　　　춘향을 한 번 본 후
　　　　련련한 그 마음이
　　　　잊을 길 바이 없어

　　　　춘향과 더불어
　　　　백년 기약 맺어 보려

이렇듯 나왔으니
자네 맘에 어떠신가
― 춘향모 듣고 나자 옷깃을 바로하고 리도령을 향하여 정중히 말을 낸다.

월　매　도련님 황공하오나 이 내 말씀 들어보오
　　　　서울 자핫골
　　　　성참관 령감께서
　　　　보외(補外)로 남원에
　　　　좌정하였을 때
　　　　소리개를 매로 보고
　　　　나로 수청 들리시니
　　　　모신지 三삭만에
　　　　령감은 올라가고
　　　　그 달로 태기 있어
　　　　낳은 게 저것이라

　　　　젖줄 뗄만 하게 되면
　　　　데려 가마 하시더니
　　　　뜻밖에 그 량반이
　　　　세상을 버리시매
　　　　보내들 못하옵고
　　　　내 손 하나로 길러낼 제

　　　　七세에 소학 읽혀
　　　　수신 제가 화순심을
　　　　낱낱이 가르치니

근본이 있는 고로
만사가 달통이라
녀공재질 례의 범절
누가 내 딸이라 하오리까

六○당년 늙은 몸이
저 하나를 의지하여
이렁 저렁 지내 오되

내 지체 부족하니
재상가 부당하고
사서인은 넘고 처져
혼인이 늦어 가매
주야로 걱정이나

도련님은 량반이라
춘향과는 당치 않소
그런 말씀 말으시고 그저 노다 가시지요.
리도령 그게 무슨 말씀인가?—
춘향도 미혼전
내 또한 미장가전
피차에 이러하니
륙례는 못할망정
량반의 자식으로
—구 二언 하겠는가

념려 말고 허락하게

월 매 도련님 젊은 마음
        봄 나비 꽃 본 듯이
        지금은 그러시나
        부모 몰래 하시는 일
        나종에 소문 겨워
        아차 한 번 버리시면

        백옥 같은 내 딸 마음
        어미가 모르리까
        독숙공방 소년정절
        그 아니 불상하오
리도령 (마음에 답답하여)
        아니 그게 될 말인가?—

        춘향 사정 내 알거니
        박대 행실 있을손가
        내 저를 초취 같이 여길테니
        허락만 하여 주게
    — 그래도 춘향모 얼른 결단 못하는데,
    — 뜰에 앉아 듣던 방자, 이때 벌떡 일어서며,

방 자 아니 무얼 그리 망설이오? 불감청이나 고소원이지……
        요조숙녀 군자호구라
        군자이신 도련님이
        춘향 같은 숙녀에게
        다시 변개 있으리까

　　　　광한루 우연 상봉
　　　　범상한 일 아니여든
　　　　천정한 연분이면
　　　　누가 감히 막으리오

월　매　(그 말 듣자 고개를 갸웃하고, 반은 혼잣말로)
　　　　천정 연분이라…… 그러면 꿈도 바이 허사가 아니로다……
방　자　아니 무슨 꿈을 꾸었소?
월　매　(방자는 상대 않고 춘향을 돌아보며)
　　　　악아 춘향아
　　　　내 아까 꿈을 꾸니

　　　　너 자논 침상에서
　　　　채운이 일어나며
　　　　청룡이 너를 물고
　　　　하늘로 오르기에

　　　　룡의 허리 검쳐 잡고
　　　　이리 궁글 저리 궁글
　　　　한동안 궁글다가

　　　　소스라쳐 잠을 깨여
　　　　가만히 생각하매
　　　　경사 있을 대몽이라
　　　　아직 두고 보쟀더니

　　　　이 밤으로 증험할 줄

　　　　　　낸들 어이 알았으랴
　— 월매 마침내 뜻을 결하고, 리도령을 향하여,

월　매　여보 도련님—
　　　　　류례는 못 이루나
　　　　　혼서 례장 사주단자
　　　　　모두 다 겸하여서
　　　　　증서 한 장 하여 주오
리도령　(마음에 못내 기뻐)
　　　　　그리다 뿐이겠나
　　　　　글랑은 그리 하소
　— 월매 연상(硯床)을 들여다 리도령 앞에 놓고, 산호 연적 물을 따라, 수양매월
(首陽梅月) 진하게 갈아주니,

　—리도령, 앞으로 나앉으며 청황모 무심필(無心筆) 반중둥 흠썩 풀어, 백릉설화
간지(白綾雪花簡紙)우에 두어 자 얼른 적는다.

≪방　창≫

　　　　　동방(洞房)은 고요하고
　　　　　화촉(花燭)은 잔잔한데
　　　　　수양 매월 맑은 향기
　　　　　넌즛이 높을사록
　　　　　꽃다운 맹세가
　　　　　샛별 같이 또렷하다

　　　　　비냐 구름이냐

헤아릴 수 없이

모란 같이 탐스럽고

아름다운 젊은 청춘

앵도처럼 고운 마음이

촛불처럼 흐느낀다

— 리도령, 다 쓰고 나자 월매에게 준다.

월　매　(증서를 받아 들자 정중하게 읽는다.)

바다가 마르고

산이 다 닳도록

천지 신명은 이 맹세를 밝히소서

— 때 마침 안으로서 주안상 차려 들고 향단이가 나온다.

— 월매, 증서를 고이 접어 허리춤에 찌르고, 상을 받아다 리도령 앞에 논다.

— 리도령 눈을 들어보니, 시체 수단으로 술상을 차렸는데, 라주 칠반(羅州漆盤)에 김치, 약포육, 전복쌈 한 접시, 거기다 실과를 곁드려 놓았다.

— 이때 뜰에서는, 주안상을 드리고 섬돌로 나려 서는 향단이를 향하여,

방　자　(한 걸음 앞으로 나서며)

이애, 향단아— 너의 어머닌 무슨 꿈 안 꾸었다던?……

— 향단이 고개 돌려 그를 한번 홀낏 보고, 즉시 새침하니 돌아서서 안으로 향한다.

방　자　(그 뒷모양을 멍하니 바래며)

너도 누굴 닮아 요렇게 도고하냐……

— 향단이 대꾸 않고 안으로 들어갈 제,

월　매　(춘향을 돌아보고)

악아—, 부끄러이 아지 말고 이리 와 약주 부어라.

(다시 리도령을 향하여)

도련님. 안주가 없사오나 이는 장모의 허물이오니 용서하시고, 약

주나 많이 잡수시요.

— 춘향이 부끄럼을 머금은 채 상 곁에 와서 앉아 잔에 술 부어 리도령에게 준

다.

리도령 (술잔을 받아 손에 들고)

마음만 같았으면 류례를 행할 터이나 그러지를 못하니 이 아니

원통하랴. 그러나 춘향아, 이 술을 우리는 대례 술로 알고 먹자.

— 한 잔 먹고 나서 잔을 춘향에게 돌려주며,

리도령 너의 어머니께 한잔 드려라.

— 춘향이 다시 한 잔 부어 저의 모친에게 올린다.

리도령 장모—, 경사 술이니 한 잔 드소.

월 매 (술잔을 받아 들고 감개가 자못 깊어)

즐겁고 기쁜 날이

오늘 우에 또 있으리

아비 없이 자란 내 딸

하느님이 감동하사

명문 대가 도련님과

백년을 기약하니

다시 없는 경사오나

지낸 일을 돌아 보니

리도령　정리에 당연하나—

　　　오늘 같이 좋은 날에

　　　이왕지사 생각 말고

　　　약주나 어서 드소

　　— 리도령과 춘향모가 다시 몇 잔 더 나눌 때,

　　— 방자 뜰에게 쪼그리고 앉아서, 당상의 술자리를 멀거니 바라보다, 문득 발을 한번 탕 구르며,

방　자　(마치 개가 어쩌기나 하는 듯)

　　　이—개.

월　매　(그 소리에 뜰을 내다보고)

　　　아니 방자, 그저 게 있었니?……

방　자　(짐짓 볼멘 소리로)

　　　진작 갈 걸 잘못 했구료—

월　매　내 그만 깜빡 잊었고나……

　　　게 있다 도련님 상 나거든 너도 한잔 먹어라.

방　자　(벌떡 일어서서 사뭇 시비나 가릴 듯이)

　　　오늘 경사가 대체 뉘 덕인데 그래 퇴주 술로 때려오?

월　매　앗다, 잘못 되였구나……

　　　(그 김에 자리를 일어 뜰로 나려 오며)

　　　자— 나하고 안으로 들어가자.

방　자　(어깨를 으쓱하고)

　　　그러면 그렇지…… 자— 어떻소?

월　매　오—냐. 사무여한일다.

봉이 나니 황이 나고
장군 나니 룡마 난다
봉과 같은 나의 사위
황과 같은 내 딸 춘향
금실 금실 좋은 금실
천정 배필 이 아니냐
— 월매 안으로 들어간다.

— 방자 그 뒤를 따라 안으로 향하며,

청실 홍실 마디마디
월로승이 넌줄 아오
잘 되면 술이 석잔
못 되며는 뺨이 세 개

내 대접을 잘 해야만
검은 머리가 파뿌리 되도록
수부 다남 하오리다
— 루상에서 리도령, 춘향을 향하여 빙그레 웃고, 춘향이 수집어 아미 숙일 때,

— 암전 —

二 장 사랑가

一장에서 해가 바뀌여 이듬해 춘三월.

부용당.

열사흘 달이 대낮처럼 밝은 밤이다.
화계 우에 란만히 핀 화초들이 달빛에 어리여 더욱 고운데,

부용당 루마루에서는 춘향이 한가롭게 묵화를 치고 있고, 리도령은 곁에가 뒷짐 지고 서서 굽어 본다.

무대에 불이 들어가면

춘향이 묵화를 다 치고 난 길이다.
자세를 바로하고 잠간 드러다 보다가 머리를 들어 리도령을 쳐다본다.

리도령 그림을 굽어 보며 말 없이 고개를 끄덕인다.
— 춘향이 붓을 놓자, 화폭을 들고 일어나서 벽에다 갖다 건다.
그림은 바위에 란초—

춘향과 리도령 (함께 그림을 바라보며)
        돌 틈에 자란 란초
        가는 바람 넌짓 불어
        줄기 줄기 주름지니
        잎 잎이 향기로다

리도령　　담아하다 꽃 맵시는
　　　　춘향 너와 같으련과
　　　　말없이 받고 선 돌
　　　　그 나일시 분명하다
— 춘향이 말 없이 듣고 있다가 리도령의 노래가 거의 끝날 무렵에 고개를 돌
려 그를 쳐다본다.
서로 눈이 마주치자 빙긋이 한 번 웃고, 다음은 주거니 받거니 사랑가로 넘어
간다.

합　창　사랑이어로구나
　　　　어허 내 사랑 내 알뜰이지
　　　　어허 둥둥 내 사랑이지
리도령　장장 춘일 긴긴 날에
　　　　사랑이 끝이 없고
춘　향　노래가 무궁하다
합　창　록수 부용 그늘 속에
　　　　부르거니 따르거니
　　　　두둥실 떠 노니는
　　　　원앙새야 물어 보자
리도령　너희들이 그 우리냐
춘　향　우리들이 네 원앙가
합　창　물에도 쌍쌍
　　　　당에도 쌍상
　　　　뉘가 뉜 줄 모르겠네

　　　　사랑이로구나 내 사랑이야

무엇 같다 이르리오
리도령　아지랑이 아질 아질
　　　　높이 솟은 종달새냐
　　　　부상 아침날의
　　　　이슬 머금은 해당화냐

　　　　죽실을 입에 물고
　　　　오동에 넘나 드는
　　　　기산 조양의 봉황새냐
리도령　(말로)
　　　　그래 너는 나를 무엇에다 비할고?—
춘　　향　알뜰한 우리 님을 무엇에다 비하리까
　　　　채운간에 여의주를 희롱하는 북해의 흑룡 같소
리도령　흑룡이 나일진대 여의주는 너로구나
합　　창　사랑이로구나 내 사랑이야
리도령　태산 같이 높은 사랑
춘　　향　바다 같이 깊은 사랑
합　　창　아름답고 고운 태도
　　　　평생 보고 남는 사랑
리도령　춘향아—
춘　　향　도련님—
합　　창　(시창으로)
　　　　사랑은 끝 없어도
　　　　인생이야 한이 있다

　　　　시중 천자 리태백이
　　　　달 잡으러 고래 타고

채석강에 든 연후에
다시 왔단 말 없구나
춘 향 우리 사랑 즐길 쩍에
사후 기약을 하사이다
리도령 너는 죽어 꽃이 되고
춘 향 도련님은 나비 되어
합 창 二 三월 춘풍시에
리도령 네 꽃송이 내가 앉아
너울 너울 춤추거든
네가 나인 줄 알려므나
합 창 사랑이로구나 내 사랑이야
리도령 또 다시 될 것 있다
너는 죽어 종로 인경 되고
춘 향 도련님은 인경마치 되어
리도령 아침이면 三三천
춘 향 저녁이면 二八수
합 창 길마재 봉화 세 자루 꺼지고
남산 봉화 두 자루 꺼지면
인경 첫마디 치는 소리
그저 뎅 뎅 칠 때마다

다른 사람 듣기에는
인경 소리로만 알아도

리도령 우리 둘인 춘향 뎅—
춘 향 도련님 뎅으로 아십시다
합 창 사랑 사랑 내 사랑이야

사랑이로구나 내 사랑이야
어허 둥둥 내 사랑이야

리도령 남창 북창 로적 같이
다물 다물 쌓인 사랑

춘 향 명사 十리 해당화 같이
연연히 고운 사랑

리도령 五장 六부 굽이굽이
알알이 맺힌 사랑

춘 향 六천 마디 뼈끝마다
서리고 얽힌 사랑

리도령 앵도같이 붉은 사랑

춘 향 석류 같이 박힌 사랑

리도령 九 十월 서리 바람에
절로 벌어진 석류처럼
량 가슴 쩍 벌리고
보여 주고 싶은 사랑

합 창 사랑 사랑 우리 사랑
천지가 온통 사랑이로구나

내 사랑 내 알뜰이지
어허 둥둥 내 사랑이야

— 암전 —

三 장 리별가

二장과 같은 해 가을 밤.

부용당.

무대에 불이 들어가면

춘향이 등불 아래 홀로 앉아, 도련님 드리려고 금랑에 수를 놓고 있다.

향단이 밖으로서 들어온다. 도련님이 오시나 하여, 동구 밖에까지 나가서 기다리다가 그대로 들어오는 길이다.

향단이의 발자취 듣고, 춘향이 잠간 눈을 들어 문쪽을 바라본다. 그러나 도련님이 보이지 않으므로 그대로 앉아서 수를 논다.

향 단 (방 안으로 들어 서며)
　　　오늘은 웬 일이세요? 도련님이……
춘 향 (그대로 수를 놓으며)
　　　글쎄—, 서울서 사람이 왔다더니 무슨 일이 계신지……
향 단 (춘향의 곁에가 앉아 그가 놓는 수를 드려다 보다가)
　　　아씨 왜 이런—
　　　(하고 문갑 우의 화병을 곁눈질하고)
　　　— 국화를 놓지 않으시고 진달래를 놓으세요?
춘 향 (비로소 눈을 들어 향단이를 쳐다보며)
　　　너는 국화가 좋으냐?

향 단 좋지 않아요?
         구 시월 서리 바람
         온갖 꽃이 다 이울 제
         홀로 피는 국화꽃이
         그 아니 갸륵하오
춘 향 (가볍게 고개를 끄덕이며)
         그도 그래. 그러나—

         진달래 꽃봉오리 봄 뜻을
         머금으면 천리 산야에
         쌓인 눈이 다 녹는다고

         도련님은 진달래를 더욱 이뻐하신단다.
     — 이 때 리도령이 문 안으로 들어선다.

향 단 (먼저 보고 자리에서 일어서며)
         아이 도련님이 오시네.
     — 춘향이 눈을 들어 리도령을 보자, 수놓던 것을 주섬 주섬 한 옆으로 걷어 치
     고 분주히 일어나 방긋 웃고 맞아들이며, 도련님 —

     오늘은 왜 늦었소? 책방에 손님 왔소?
     서울서 누가 왔다더니 무슨 일이 계시였소?……

     — 련해 물으며 춘향이 리도령의 쾌자를 벗겨서 횃대에 건다.

     — 이 사이에 향단이는 안으로 들어간다.

춘　향 (새삼스러이 리도령의 얼굴을 처다보며)
　　　　미간엔 수심이요
　　　　얼굴에는 눈물 흔적
　　　　도련님 왜 이러오?
　　　　몸이 아파 그러시오?
　　ー 리도령 대꾸 않고 힘 없이 자리에 앉으며 다만 쉬느니 한숨이라.
　　ー 춘향이 마주 앉아, 그의 기색을 살피면서, 도련님 ー
　　내 집에 다니신다 꾸중을 들으셨소?

리도령 (비로소 입을 열어 반은 혼잣말로)
　　　　꾸중을 들었기로 이다지도 서러우랴
춘　향 (마음에 더욱 의아하여)
　　　　아니 도련님
　　　　서러운 일이 무엇이요?
리도령 (그제야 눈을 들어 춘향을 바라보며)
　　　　샷도께서 동부승지 당상하여 내직으로 들어 가신단다
춘　향 (눈을 반짝이며)
　　　　이는 댁의 경사온데 울기는 왜 우시오

　　　　옳지, 내가 안 따라 갈가 보아 그러시오?ー

　　　　녀필 종부라니 천리라도 따라가고 만리라도 싫지 않소

　　　　도련님 정말이죠?
　　　　날 속이지 않으시죠?ー

　　　　내 평생 원일려니 이제 한양 가겠고나……

리도령 (다시 외면하며)

　　　아이고 이 애야
　　　속 타는 말 그만 해라
　　　너를 데리고 간다면야 무슨 시름 있으랴만……
　─ 춘향이 혼자 좋아하다가 그 말에 어리둥절하여 리도령만 바라본다.

리도령 (그대로 외면한 채)
　　　이번에 네 말을 샷도께는 못 여쭙고
　　　대부인전 여쭈었다 꾸중만 들었단다

　　　량반의 자식으로 천첩 두었단 말이 나면
　　　족보에 이름 떼고 사당 참여 안 시킨다니……

　　　이 아니 난처하냐
　─ 춘향이 그 말 듣자 어여쁜 얼굴이 붉으락푸르락, 눈썹이 꼼꼼하더니, 문득
면경 체경 물리치고 문방사우를 와지끈 탕탕 깨뜨리며,

　　　서방 없을 춘향이가
　　　세간하여 무엇하며
　　　당장하여 뉘 눈에 괼꼬
　(리도령 앞으로 바짝 다가앉으며)

　　　천첩 천첩……
　　　천첩이란 웬 말이요
　　　그게 무삼 말삼이요

리도령 ……………
　　　— 이때 안으로서 월매가 나온다. 우당탕 와르르…… 무엇이 깨여지고, 흐느껴
　　우는 소리 은은히 들리기로 자다말고 일어나서 흩으러진 머리채를 걷음걷음
　　걷어 얹고, 치마도 안 두른 채 아장아장 나오면서,
　　애고 저것들이 사랑 쌈을 하는구나
　　어 — 참 아니꼽다……
　　　— 혀를 끌끌 차고 영창 밖에서 엿듣는다.

춘　향　작년 五월 一五야에
　　　　나의 집엘 나오시여

　　　　도련님은 여기 앉고
　　　　춘향 나는 저기 앉아
　　　　도련님 날더러
　　　　무엇이라 말하였소

　　　　상전이 벽해 되고
　　　　벽해가 상전이 되도록 리별 없이 사자 하고
　　　　단단 맹세 하시더니

　　　　말경에 가실 때는
　　　　뚝 떼여 버리시니
　　　　二八청춘 젊은 년이
　　　　독숙공방 어이 살고
리도령　춘향아 우지 마라
　　　　내가 가면 아주 가며
　　　　아주 간들 잊을소냐

춘　향　도련님은 올라가면
　　　　귀가문에 장가들고
　　　　대과 급제 하신 후에

　　　　행화춘풍 곳곳마다
　　　　절대가인 좋은 풍류
　　　　주야 사랑 노실쩍에

　　　　날 같은 하양 천첩
　　　　꿈엔들 생각하리
— 월매 물색도 모르고 사랑쌈만 여겼더니, 밖에서 들어보매 리별이 분명하다.
소스라쳐 깜짝 놀라, 그대로 뛰여 들려다, 문득 치마도 안 두른 제 몸을 돌아보
고 분주히 안으로 들어간다.

— 방 안에서는 춘향이 그대로 느껴 울며,

춘　향　못 가리다 못 가리다
　　　　나를 두론 못 가리다

　　　　룡천검 드는 칼로
　　　　내 목을 뎅겅 베어
　　　　물에 넣고 가면 갔지
　　　　살려 두고는 못 가리다
— 월매 치마끈을 잡아매며 안으로서 다시 나와, 어간대청 섭적 올라 방으로 들
어서며,

월　매　어허 이거 요란쿠나

아니 춘향아
이게 웬 일인고, 응?ㅡ

네가 여태 배운 것이
띠서 三경 성훈인데
남 다 자는 깊은 밤에
요망하게 아이고 지고……

이게 무슨 행실이며
우는 일이 웬 일이냐
ㅡ 춘향이 말 못하고 치마끈만 물어 뜯으며 눈물이 비 오듯 한다.

월　매　말하여라 웬 일이냐
춘　향　도련님이 가신다오
월　매　도련님이 가시다니……
춘　향　샷도께서 승차하여
　　　　내직으로 들어가신대요
월　매　(허, 허 웃고)
　　　　허 허 그럼 경사로구나
　　　　도련님댁 경사며는
　　　　네 영화도 되려니와
　　　　나는 같이 못 갈망정
　　　　너는 응당 갈 터인데
　　　　우는 일이 웬 일이냐ㅡ
춘　향　도련님이 못 데려간대요
월　매　무어 못 데려가?
　　　　(리도령을 돌아보고)

아—니 도련님, 정녕 그랬소?

리도령 (기운 없이)

그렇다네…… 지금은 섭섭하나 후기약을 둘 밖에 도리가 없을가 보이.

— 춘향모 그 말 듣자, 검은 얼굴이 붉으락푸르락 하며, 두 주먹을 불끈 쥐고 벌벌 떨며 딸 보고 하는 말이,

월　매　잘 되었다 이년아

　　　　썩 죽어라 썩 죽어

　　　　너 죽은 시체라도

　　　　저 량반이 지고 가게

　　　　저 량반 올라 간 뒤

　　　　뉘 간장을 녹일나냐

　　　　내 일상 이르기를

　　　　후회하기 쉽느니라

　　　　태과한 맘 먹지 말고

　　　　려염 사람 가리여서

　　　　형세 지체 너와 같고

　　　　재주 인물 너와 같은

　　　　봉황의 짝을 얻어

　　　　내 앞에 노는 양을

　　　　내 안목에 보았으면

　　　　너도 좋고 나도 좋지

　　　　마음이 도고하여

　　　　남과 별로 다르더니

　　　　잘 되고 잘 되었다

― 두 손뼉 땅땅 치며 리도령 앞으로 달려들어,

월　매　아니 여보 도련님
　　　　나구 말 좀 하여 보세

　　　　내 딸 춘향이를
　　　　버리고 간다 하니
　　　　행실이 그르던가
　　　　인물이 밉던가
　　　　언어가 불순턴가
　　　　잡스럽고 루하던가
　　　　어디 말 좀 들어보세
　　　　무엇이 그르던가

　　　　군자 숙녀 버리는 법
　　　　칠거지악 없으며는
　　　　못 버리는 줄 모르는가

　　　　내 딸 어린 춘향이를
　　　　밤낮으로 사랑할 제

　　　　앉고 서고 눕고 지며
　　　　백년 三만 六천 일에
　　　　떠나가지 마자하고
　　　　주야장천 어루더니

　　　　그래 말경 갈 때에는
　　　　뚝 떼여 버리시니

양류 천만산들
가는 춘풍 어이하며
락화 락엽 되거드면
어느 나비 다시 오리

백옥 같은 내 딸 춘향
독숙공방 님 그리다
시름 상사병이 되어
다시 일지 못할진댄

六〇당년 이 내 몸이
딸 잃고 사위 잃고
지리산 갈가마귀
게발 물어 던진 듯이
뉘를 믿고 산단 말이요

못 하지요 못 하지요
량반 자세하고
몇 사람 신세를
망치려고 안 데려가……
— 월매 발악하며 치둥글 내리둥글 목제비질을 시작하니,

리도령 (황겁하여)
여보소 장모, 좋은 수가 하나 있네.
— 좋은 수가 있단 말에 춘향과 춘향모, 말은 없이 리도령의 얼굴만 빤히 쳐다
본다.

리도령 래일 행차에
       요여(腰輿)가 나오고
       요여 배행 내가 하니

       신주는 모셔 내여
       내 창옷 소매에 넣고
       요여에단 춘향이를
       태워 가잔 그 말일세
    ─ 춘향모 어이없어 입 벌리고 말 못 할 제,

춘 향 (마음을 결단하고 저의 모친을 돌아보며)

       어머니 들어가오─

       량반의 체면되여
       오죽이나 답답하고
       오죽이나 민망해야
       저런 말씀 하시겠소

       오늘 밤새도록
       말이나 실컷 하고
       울음이나 실컷 울고……
월 매 (딸을 돌아보며)

       못 하지야 못 하지야
       저 량반 가신 후에

뉘 간장을 녹일나냐

보내여도 각을 짓고
따라 가도 따라 가거라
— 밖으로 나와 섬돌에 내려서며,

몹쓸 년의 팔자로다

전생의 무슨 죄로
이생에 천기 되어
맺히고 맺힌 한에
비록 녀식일지라도
주옥 같이 고이 길러
말년 영화 보겠더니

말경에는 내 입방정
또 신세를 망치누나
— 월매 안으로 들어간 뒤, 자리에 남은 두 사람, 잠시 말이 없다가,

춘　향 (먼 하늘을 바라보며)
　　　범 가는데 바람 가고
　　　룡 가는데 구름 가건만
　　　나는 어이 못 가는고……

　　　가자 하니 길이 없고
　　　마자 하니 애절 상사
　　　쇠털 같이 많은 날에

님 그리워 어이 살꼬

一각이 三추라면
백년이면 몇 三추냐
장장 하일 긴 긴 날과
동지 섣달 기나 긴 밤
이리 뒤척 저리 뒤척
피 마르고 뼈만 남아
먹도 자도 않고
죽지도 아니 하면
서창에 지는 달과
오동에 찬비 소리
어이 보고 듣자느냐
…………

리도령 (마음에 애절하여)
        춘향아— 우지 마라.
춘 향 (물끄럼이 바라보다가)
        도련님— 참으로 리별이요.
리도령 아이고 춘향아
        어쩌자고 이러느냐
        두고 가는 이 내 마음
        구곡 간장 다 녹는다

        서울에 올라가서
        대과 급제 하거드면
        너를 데려 갈 터이니

　　　　서러 말고 기다려라

― 이때 춘향모, 향단에게 술상 들리고 다시 나와 리도령에게 술을 따라 권하
며,

월　매　여보시오 도련님―

　　　　내 나이 반백이라
　　　　오늘이나 래일이나
　　　　다 썩고 남은 간장
　　　　생사가 미판이나

　　　　도련님 서울 가도
　　　　춘향을 잊지 말고
　　　　백년 기약 생각하여
　　　　다시 찾아 주신다면

　　　　죽어 저생 가서라도
　　　　그 은혜를 갚으리다

리도령　(그를 위로하여)

　　　　장부의 말 한 마디
　　　　천금 같이 중하거니
　　　　산하로 지은 맹세
　　　　저바릴 길 있으리까

　　　　장모 그는 념려 말고
　　　　부디 몸을 안보하여

나를 믿고 기다리오
— 이때 동이 훤히 터오는데, 밖으로서 방자, 헐레벌떡 뛰여 들어오며,

방 자 도련님, 어서 가십시다.

       잘 가거라 잘 있거라
       한 번 웃고 말 일이지
       무슨 리별을 이렇듯이
       뼈가 녹게 한단 말이요

       대 부인 행차는 벌써
       오수역에 나가셨소
리도령 나귀 등대 하였느냐
       내 곧 나가마
— 방자를 밖으로 내여 보낸 뒤에도, 리도령 심사 애절하여 그대로 앉아 있고,
춘향이도 실심한 듯 그대로 있는데,
— 춘향모 딸을 보고 다시 사위 돌아보며, 참아 그 자리에 더 앉았들 못하여, 부
스스 일어나서 밖으로 나오더니,
월 매 대하 장강 흐르는 물
       뉘라서 막아내며
       서산에 지는 해를
       뉘라서 잡아매랴
— 허히 탄식하며 월매 안으로 들어간 뒤,
— 리도령은 그대도록 움직이지 않는데,
— 마침내 춘향이 마음을 결단하고 자리에서 일어나자 횃대의 쾌자를 떼여 들
고 리도령 앞으로 오며,

춘　향　엎질러진 물이오니
　　　　　어찌 할 도리 있소
　　　　　귀중하신 도련님은
　　　　　춘향 날만 생각 말고
　　　　　대부인 행차 뫼셔
　　　　　원로 평안히 가옵신 후
　　　　　한때라 방심 말고
　　　　　글 공부 하시여서
　　　　　대과 급제 하시거든

　　　　　외로운 춘향이가
　　　　　남원땅에 있다는 걸
　　　　　부디 잊지 마옵소서
　　— 쾌자를 입혀 주며 신신 당부하는 춘향,
　　— 리도령도 그를 향해 마지막 부탁일다.

리도령　산하로 지은 맹세
　　　　　한시라 잊을소냐

　　　　　쇠끌처럼 굳은 마음
　　　　　홍로라도 변치 말고
　　　　　송죽 같이 굳은 절개
　　　　　네가 나 오기만 기다려라
　　— 일변 당부하며, 일변 허리에 찬 남대단 두루주머니 주황당사 끈을 끌러 화류
집 사모경을 춘향에게 내여 주며,

리도령　아나 춘향아 거울 받아라

　　　　　　장부의 밝은 마음
　　　　　　거울과 같을진댄
　　　　　　천백 년이 지난다고
　　　　　　변할 줄이 있을소냐
춘　향　(거울을 받아 간수하고, 보라대단 저고리 면주고름 어루만져 옥지
　　　　　환을 끌르며)
　　　　　　옥과 같이 결백하고
　　　　　　지환 같이 끝없는 정
　　　　　　바라건대 도련님은
　　　　　　나인 듯이 간직하오
　　― 춘향이 옥지환을 리도령에게 주고 그를 따라 뜰로 내려서며, 또 한 마디 당
　부하는 말이 ―

　　　　　　마상에 피곤하여
　　　　　　병이 날가 념려오니

　　　　　　일찍 들어 주므시고
　　　　　　느직이 떠나 가사이다
리도령　날랑은 념려 말고
　　　　　　너나 부디 잘 있거라
　　― 리도령 한 마디를 남기고 문을 향해 나간다.
　　― 춘향이 그 자리에 서서 뒷모양을 바래다가, 문득 서름이 복받쳐,

춘　향　도련님―
리도령　(그 소리에 돌쳐서며)
　　　　　　춘향아―
　　― 우루루 돌아와 춘향이의 손을 잡고, 둘이 다 기가 막혀 부들부들 떨 뿐이다.

그러나 마침내는 두고 갈 사람이요, 보내야 할 사람이다.

　　춘향과 리도령
　　울며 서로 잡은 손길
　　한번 노면 천리로다
　　대창 같이 엷은 애가
　　불티 같이 다 삭는다

　　상하는 주별한데
　　인정은 왜 일반인고
— 손을 놓자 리도령 돌아서서 나간다.
— 춘향이 실심한 듯 그 자리에 서서 뒷모양을 바랠 때,

　　　　　　　　　　　　　　　　　— 막 —

제 三 막 심장가

리도령이 떠난 뒤로 어느덧 一년이라,
이때에 춘향이는 실혼수심(矢魂愁心)병이 나서 문을 닫고 홀로 누워 상사곡 단
장성(相思曲 斷腸聲)으로 자나깨나 님 그리워 눈물로 날을 보내는데—

그 사이 신관이 도임하여 一년을 지내다가 라주목사(羅州牧使) 이배(移拜)하고
다시 신관이 났으되, 자핫골 막바지에 사는 변학도(卞學道)라는 사람이라, 얼굴
이 잘나고 남녀창 우계면(男女唱 羽界面)을 거침없이 잘 부르고 풍류 속에 통
달하여 일대호걸로 자처하나, 실은 한낱 탐재호색(貪財好色)의 무리라, 남원의
춘향이가 일색이란 말을 듣고 도임하자 그 즉시로 기생부터 점고한다.

　○ 취타 (吹打).
　○ 변학도의 소리 —헌화(嘩)금하라.
　○ 집사(執事)의 소리 —헌화 금하랍신다.
　○ 정수(鉦手)의 소리 —예—이.

막이 오르면

　신관 변학도 동헌에 좌기하고,
　륙방 관속 뜰 아래 늘어선 중에,
　정수 나와서 뎅— 뎅— 정을 친다.
　취타 그친다.

변학도 호장 듣느냐.
호 장 예—이.
변학도 기생 점고 빨리 하라.
호 장 예이.
    ― 호장, 기생 안책 들여놓고 차례로 호명한다.

호 장 눈 맞아 휘여진 대
        뉘라서 굽다던고
        굽을 절이 있으면
        눈 속에 푸를소냐

        세한고절(歲寒孤節)죽심(竹心)이―

사령들 나오―
    ― 죽심이가 들어오는데 타상자락을 걷음 걷음 걷어다가 세요 흉당에 딱 붙이
    고 아장아장 들어 와서 점고 맞고 좌부진퇴로 물러난다.

호 장 어리고 성긴 가지
        너를 믿지 않았더니
        눈 기약 능히 지켜
        아름답다 매화―
사령들 나오―
    ― 매화가 들어오는데 홍상을 걷어 안고 타말수혜 끌면서 아장 걸어 가만 가만
    들어오더니 점고 맞고 좌부진퇴로 물러난다.

변학도 여봐라―
호 장 예이.

변학도 기생 점고를
        그렇게 하다가는 며칠 갈지 모르겠다
        갑갑하여 듣겠느냐

        바삐 바삐 불러라

호 장 예이.
        (호장이 청령하고 넉자 화두로 부른다.)

        오동복판 거문고
        슬기둥 둥당 탄금이 왔느냐
사령들 예― 등대하였소
호 장 주홍당사 벌매듭
        차고나니 금랑이 왔느냐
사령들 예― 등대하였소
호 장 진주 명주 자랑마라
        제일 보배 산호주 왔느냐
사령들 예― 등대하였소
호 장 봉래산 제일봉에
        독야청청 송화가 왔느냐
사령들 예― 등대하였소
호 장 이산 명월이 저산 명월이
        량산 명월이 다 들어 왔느냐
사령들 예― 등대하였소

    ― 두 명월이가 앞뒤로 서서 홍상자락을 일매지게 세요 흉당에 딱 붙이고 아장
    아장 디긋거려 들어오더니 점고 맞고 좌부진퇴로 물러난다.

변학도　열 두서넛씩 한숨에 부르라

호　장　예이.

　　　　산홍이 란홍이
　　　　도홍이 왔느냐
사령들　예— 등대하였소
호　장　비봉이 채봉이
　　　　금봉이 왔느냐
사령들　예— 등대하였소
호　장　월중선 화중선
　　　　산옥이 연옥이 다 들어 왔느냐
사령들　예— 등대하였소
호　장　계향이 금향이
　　　　란향이 왔느냐
사령들　예— 등대하였소
　　— 변학도 향짜가 나오니까 눈초리가 처지고 입이 딱 벌어지며 궁둥이가 자리
에 못 붙게 들먹댄다.

호　장　취향이 월향이 초향이—
사령들　예— 등대
　　　　나오—
변학도　(눈을 가늘게 뜨고)
　　　　조년 이름이 뭐라?
통　인　초향이요.
변학도　초, 초향이?……
　　　　(마음에 적이 실망하여)

레방 듣느냐

례 방 예이.

변학도 기생 점고 다하여도

춘향이는 안부르니

어찌하여 빠졌느냐

례 방 젓사오되―

춘향은 기생이 아니오라

퇴기 월매의 딸이온데

기안 착명(妓案着名)한 일 없고

려염 생장하옵더니

구관 책방 도련님이

머리를 얹혔나이다

변학도 구관 책방 도련님이

머리를 얹혔으면

춘향이를 데려 갔느냐

례 방 데려 가지는 아니하고

제 집에 있나니다

변학도 (마음에 그러려니 하여 고개를 끄덕이며)

내 들으니―

춘향은 원기의 자식이요

또한 일색이라 하니

기안에 착명하고

바삐 현신시키라

례 방 예이.

― 레방이 청령하고 나간다.
― 계하에 늘어선 륙방 관속들, 서로 눈짓 콧짓하며
『춘향이가 걸렸고나』
『우리 고을에 일이 났다』
……
이 때 호방이 주저주저 앞으로 나서서,

호 방 아뢰옵기는 황송하오나―

춘향이가 근본은
퇴기의 딸이오나
덕색이 장한 고로

권문 세족 량반네와
일등 재사 할량이며
나려 오신 등내(等內)마다
한 번 보자 간청하되
춘향 모녀 듣지 않아

량반 상하 물론하고
액내지간(額內之間) 소인들로
일년 일득 대면하되
언어 수작 없삽더니
그도 천정 연분인지
구관삿도 도련님과
백년 가약 맺사옵고
도련님 떠나실 때

입장 후에 다려 가마
언약이 중하기로

춘향이도 그리 알고
수절하여 있사온데……
변학도 (화를 버럭 내여)
이놈, 아무리 무식한 상놈이기로……
그게 어떠한 량반이라고—

엄부 시하요
미장가전 도련님이
하방에 작첩하여 사자 할꼬
이놈 다시는 그런 말
입 밖에도 내지 마라

— 이 때 례방이 들어 와서,

례 방 삿도 전에 아뢰오—

소인이 밖으로
춘향을 불렀더니
제 랑군을 생각하여
병이 들어 있다 하니

삿도 처분이
어떠하실는지……
변학도 (랭소하며)

무엇이 어찌 하여?—
내가 저를 부르는데
자빠져서 못오겠다……

허— 고이한지고……
(문득 소리를 가다듬어)
지금 빨리 춘향 불러 현신시키라.
통 인　예이.— 급창. 춘향 빨리 현신시키랍신다—
청령급창　예이. —사령. 춘향 빨리 현신시켜라
사령들　예—이.
　　— 군노 사령 청령하고 춘향 부르러 나간 후에,
　　— 호장이 주저하다 마침내 입을 열어,

호 장　젓사오나, 춘향이가
　　　기생도 아닐 뿐 외라
　　　구관 삿도 도련님과
　　　맹약이 중한 터에

　　　동반(同班)의 분의로
　　　이렇듯 부르시면
　　　삿도 정치가
　　　해상할가 하옵는데……
변학도　(대노하여)
　　　무엇이 어째?……

　　　어허 내가
　　　저 하나를 보려다가

못 보고 그만 두랴

만일 춘향을
시각 지체 하다가는
공형 이하로
각청 두목들을
일병태가(一並笞加) 할 것이니

네 그리 알라—

(문득 생각난 듯)

이놈들이 무얼 하나—

재촉사령 내여 보내
춘향 빨리 현신시키라
통 인 예이. 춘향 재촉해 들여라—
급 창 (받아서)
        춘향 재촉해 들여라—
사령들 예—이.
  — 재촉사령들 나간 뒤에,

변학도 (반은 혼잣말로)
        허— 고이한지고……

내가 저를 부르는데
수절 물결이 어떠하니……

　　　제가 수절하단 말을
　　　내아에서 들으시면
　　　대부인 마님께선
　　　닥 기절하시겠다

　　　(통인을 돌아보고)

　　　네 책방에 가서
　　　랑청나리님 오시래라

통 인　네—
　　— 통인이 안으로 들어가자,

　　— 밖으로서 춘향이가 단장도 아니하고 수절하던 그 태도로 사령들을 따라서
지척지척 걸어 들어온다.

급 창　춘향이 현신이요.
　　— 변학도 눈을 가늘게 뜨고 춘향을 내려다보니 아미에 수심이 가득하고 두 볼
에는 눈물 흔적, 흐트러진 머리털은 귀 밑을 덮었으나, 타고난 자색은 감출 길
이 바이 없다.

변학도　(그만 입이 헤벌어져)
　　　좌우 물리치고
　　　춘향이 대상에 오르래라—
급 창　춘향이 대상에 올리고
　　　좌우 나이거라—

— 관속들 눈짓 콧짓하며 분분히 물러간다.
— 춘향이 할 일없이 대상으로 올라간다.
— 이때에 안으로서 목랑청이 나온다.

변학도　게 앉아라.

　　(춘향에게 한마디 이르고 다음에 목랑청을 돌아보며)
　　이 사람 보게. 요게 춘향일세.
　　하, 고년 매우 예쁜데……

— 목랑청 눈을 들어 춘향을 보았으나 흥미 없는 듯, 아무 대꾸 않고 한 옆에
앉는다.

변학도　(춘향을 향하여)
　　이애 춘향아.
　　네 소문이 하 장하기로
　　내 밀양 서흥 마다하고
　　서둘러서 남원부사 벌어 왔다

　　들으매 구관 책방 도련님이
　　네 머리를 얹혔다니
　　도련님 가신 후에
　　독숙공방 할 수 있나

　　응당 애부(愛夫) 있을 게니
　　관속이냐 건달이냐

어려이 아지 말고
바른대로 아뢰여라
춘 향 (단정히 앉아서)
삿도 듣죠시오

창녀의 자식이나
기안에 착명 않고

려염 생장 하옵다가
리씨댁에 허신하여
백년 기약 받들고져
단단 맹세 하였기로

독숙공방 주야상사
서울 계신 도련님이
찾을 날만 기다리니

관속 건달 애부 말씀
소녀에겐 당치 않소
변학도 (듣고 나자 크게 웃고 칭찬하되)
얼굴 보고 말 들으니
안팎으로 일색일다

(목랑청을 돌아보고)
이 사람, 보게—

자고로 인물 좋은 녀인들이

절행이 없건마는
요 인물 요 마음이
요렇듯 아름다우니

그래 세상 천지간에
요렇게 절묘한
계집이 또 있을가……
— 목랑청은 원래가, 알거나 모르거나 옳거나 그르거나 되는 대로 말하는 사람
이라, 춘향이는 자세 보려고도 하지 않고,

목랑청 세상에 저런 계집이 어디 또 있으리까마는—, 바른 대로 말씀이지,
       저런 계집이 바이 없다할 길인들 있사오리까?
변학도 (춘향에게 정신이 팔려, 랑청의 하는 말은 끝까지 듣도 않고)
       독수공방 주야상사
       네 마음은 그러하나—

       리도령 어린 아이
       서울에 올라가서
       장가들고 급제하면
       천리 타향 잠시 장난
       네 생각을 하겠느냐
       공연한 고집 말고
       네 오늘부터
       몸단장 고이 하고
       수청으로 거행하라
춘 향 아뢰옵기 황송하오나—

올라가신 도련님이
무신할 리 없사옵고

서령 찾지 않으셔도
소녀의 먹은 마음
일부종사 하고지고……
변학도 허, 허, 허 고년……
(가볍게 웃고 나자 목랑청을 돌아보고)
계집의 한두 번 태하는 것은
으레 전례판인 줄 자네 아나?
없으면 무맛이니……
목랑청 (선하품을 하다가)
글쎄 그러하외다마는—, 분명 전례판이라 할 길도 없고, 또 전례
판이 아니라 할 길도 없을 듯하외다.
변학도 (증을 내여)
이 사람. 자네 말 대답은 언제나 한곬으로 하는 일이 없고, 뭉그러
지게 야릇하게 흐리멍텅하게 하니, 그 어인 말 대답인고?… 고이
한 인사로세.
(다시 춘향에게로 고개를 돌리여)
이애 춘향아. 네가 기시에 아이들끼리 만나, 살구 딸기같이 얕은
맛에 그러나 보다마는, 하루 비둘기가 재를 넘느냐?— 그러기로
저런 설움을 보느니라.
(다시 목랑청을 돌아보며)
이 사람— 자네도 한 마디 하소.
목랑청 (춘향이를 물끄럼이 바라보며)
이애 춘향아. 삿도께서 재삼 분부 저러하시니 수청으로 거행하려
므나.

> 수청 거행하고 보면
> 관청은 네 집 찬장되고
> 운향고는 광이 되고
> 목전고도 광이 되고……
>
> 일읍 주장이
> 모두 다 네 주장이라
>
> 이런 깨판이 어디 또 있겠느냐—마는.

— 변학도 입을 헤— 벌리고 듣다가, 목랑청의 버릇으로 끝에 갖다 붙이는 「마는」 두 자가 뜻밖이라, 눈을 돌려 흘기는데,

춘 향 (목랑청을 상대 않고 변학도를 바로 향하여)

> 수차 분부 그러하시나
> 소녀의 굳은 정절
> 굽힐 줄이 있으리까

— 목랑청 입가에 웃음을 띠우고 눈을 들어 물끄럼이 춘향을 바라본다. 처음에는 우습게 보았더니, 「고것 제법이다」 싶어서……

— 변학도는 춘향이 고집에 하도 어이가 없어 또한 물끄럼이 바라보다가, 얼르면 될 줄 알고,

변학도 허 허 이런 시절 보소—

> 기생 수절한단 말을
> 누가 아니 요절할가

분부 거절하는 것은
간부 사정 간절하여

별 충절을 다 말하니
네 죄가 절 절 가통……

형장 아래 기절하면
네 청춘이 속절 없지

(절짜를 가지고서 한번 잔뜩 얼르더니 다시 목랑청을 돌아보고)
이 사람. 창녀에도 정절이 있나? 하, 하, 하, 하……
목랑청　(련성 고개를 끄덕이며)
원 창녀에게 무슨 정절이 있으리까—마는, 바른 대로 말씀이지 바
이 없다고도 못하리다.

해서 기생 룡선(弄仙)이는 동선령에 죽어 있고

안동 기생 일지홍(一枝紅)은
생렬녀문 세웠으며

진주 기생 론개(論介)는
우리 나라 충렬로서
충렬문에 모셔 놓고
천추 향사(享祀)하여 있고

평양 기생 계월향(桂月香)도

충렬문에 들어—
변학도 (무심히 듣고 있다가 다 늦게 펄쩍 놀라)
　　　뭣이?…… 이 사람 썩 들어가소.
　　　꼴 보기 싫의. 무슨 객쩍은 사설을 기다랗게 늘어 놓고……
　　　— 목랑청 빙긋이 웃으며 일어나 휘적휘적 안으로 들어간다.

변학도 (청을 높여 호령조로)
　　　네 이년—

　　　구관은 전송하고
　　　신관을 영접함이
　　　법전에 당연하고
　　　사례에도 당당커든

　　　웬 사설이 이리 많은고?—

　　　하양의 천기로서
　　　수절이 다할소냐
　　　고이한 년이로고

　　　종시 거행 못할가?—
춘　향 (저도 음성이 절로 높아지며)
　　　수절에도 상하 있소?—
　　　충신은 불사 이군이요
　　　렬녀 불경 이부온데

　　　삿도께서 도임초에

                    수절 부녀 잡아다가
                    위력 겁탈 하려시니

                    삿도의 충성 유무는
                    일로 좇아 아니다
변학도 (대노하여)
                    이년, 뭐, 뭣이?……
춘 향 (굴하지 않고)

                    일후에 삿도께서
                    불우지변 당하시면
                    귀한 목숨 살랴 하고
                    도적에게 항복하여
                    두 임금을 섬기랴오
변학도 (그 말 듣고 기가 막혀)
    얘, 여보아라 —
    — 변학도 어찌나 분하던지, 연상(硯床)을 두드릴 제, 탕건이 벗어지고 상투고
가 탁 풀리고 대마디에 목이 쉰다.
    — 안팎에서 술렁 술렁.

통 인 예이.
    (안으로서 급히 달려나온다.)
변학도 (떨리는 손 끝으로 춘향을 가리키며)
    이, 이, 이년, 잡아내라.
통 인 급창—
    — 춘향이 그 자리에 만들어 논 것처럼 까딱 않고 앉아 있다.
    — 통인 달려들어 춘향의 머리채를 주루룩 끌어낼 때,

― 급창 달려나온다.

통　인　춘향 잡아 내리랍신다―

급　창　예이, 사령―

　　　(일변 부르며 일변 춘향의 팔을 잡아끌 때)

사령들　예―이.

　　　(긴 대답 소리와 함께 밖에서 몰려들어 온다.)

급　창　춘향 잡아 내리랍신다―

　　　(춘향을 댓돌 아래 내리친다.)

사령들　예―이.

　　　― 맹호 같은 군노사령 벌떼 같이 달려들어 감래 같은 춘향의 머리채를 선전시
　　　정 연실 감듯, 뱃사공의 닻줄 감듯, 四월八일 등대 감듯 휘휘 친친 감아쥐고 섬
　　　돌 아래 동댕이쳐,

사령들　춘향 잡아 대령이요―

변학도　(분하여 그대로 시근거리며)

　　　　　형리 불러라―

통　인　형리 부르랍신다―

급　창　예이, 형리―

소　리　예―이.

　　　― 형리 나온다.

급　창　숙이라―

형　리　(제 자리에 엎디여)

　　　　　예이, 형리요―

변학도　(어찌 분이 났던지 턱을 달달 까불고 허푸허푸 하며)

형리 듣거라—
　　　　조년이 날더라
　　　　역적이라 욕을 하니
　　　　때려 죽여 마땅하다
　　　　다짐장 써 올려라
형　리 예—이.
　　ㅡ 형리 연상을 내여 놓고 다짐장을 쓰는데,

　　ㅡ 변학도, 생각할사록 분한지 두 어깨가 들먹들먹, 련방 푸푸하며,

변학도 허— 말세로고. 망칙한 년 다 보겠다.
형　리 (그 사이에 다짐장을 써서 들고)

　　　　춘향이 듣거라—

　　　　네 몸이 한낱 창녀로서
　　　　관장 엄령 거역하고
　　　　관정에서 발악하니
　　　　그 죄 만 번 죽어 마땅하다

　　　　엄형증치하는 다짐이니
　　　　너 죽는다 설어 말고
　　　　백(白)자 아래 수결 두라
　　ㅡ 형리 다짐장을 들고 내려와 춘향 앞에 놓고, 붓을 손에 쥐여 준다.
변학도 저 같은 천한 년이 수절이니 정절이니…… 허—천황씨 이후로 처
　　음 보겠고…

— 다짐장을 앞에 놓고 춘향이 잠시 움직이지 않다가 문득 붓을 들어 조금도
굴치 않고 철석 같이 다짐 두되, 먼저 드르르 한일(一) 자 그은 후에 마음심(心)
자 그 아래 쓰고 붓대를 던지며 다시 그린 듯 앉아 있다.

— 형리 다짐장을 집어들고 대상으로 올라가서 변학도에게 올린다.

변학도　(받아 보고) 뭣이?… 일심이라? 홍…
　　　(랭소하며)
　　　　　조년을 동틀에 올려 매고 집장사령 대령시켜라
형　리　급창— 춘향을 동틀에 올려 매고 집장사령 대령하랍신다—
급　창　예이. 사령— 춘향을 동틀에 올려 매고 집장사령 대령하여라—
사령들　예—이.
　　　— 군로사령 달려 들어 춘향을 동틀에 올려맬 때

집장사령　(앞으로 나서며)
　　　　　집장사령 대령이요—
형　리　분부 뫼워라— 네 그년을 첫매에 두다리가 뚝 부려지게 치되,
　　　　　만일 헐장하면 집장사령놈 죽고 남지 못하리라.
집장사령　예—이. 저만년을 일호 사정 두오리까
　　　— 집장사령 거동 보아라. 八척장신 키큰 사령, 전동같은 큰 팔 배여 왼 어깨에
　　둘러 메고, 형장 담빡 안아다가 동틀 아래 좌르르 놓으니 철석 간장이 다 떨어
　　진다. 이놈 잡고 능청 능청, 저놈 잡고 능청 능청, 그 중에 좀이 먹고 등심 없고
　　빳빳하고 잘 부러지는 놈 골라 잡자,

집장사령　네 이년, 꿈쩍 말아. 만일 요동하다가는 뼈 부러지리라.
　　　　　(호통하고 들어 서서 금장 소리 발 맞추어 서면서 가만히 하는 말
　　　　　이)한 두개만 견디소. 어쩔 수 없네. 요 다리는 요리 틀고 저 다리

　　　　는 저리 틀소.
형　　리　매우 치라—
집장사령　예—이.
　　— 소리에 발 맞추어 물러섰다 달아 들어 한 개를 딱 붙이니, 부러진 형장 가지
공중에 푸르르 떠나가며 五, 六월 급한 비에 벼락치는 소리로다.

　　— 태장 곤장 치는 데는 사령이 서서 세건마는, 형장부터는 법장(法杖)이라, 형
리와 통인이 닭쌈하는 모양으로 마주 엎디여서, 하나 치면 하나 긋고 둘 치면
둘 긋고 무식하고 돈 없는 놈 술집 바람벽에 술값 긋듯 그어 놓으니, 한일(一)
자가 되었구나.

급　　창　하나요—
형　　리　그래도 거역할가?
사령들　아뢰여라—
　　— 고추 같이 독한 춘향 사지 륙체를 바르르 떨며 장중에 글 짓듯이 차례로 아
뢰는데,

춘　　향　一짜로 아뢰리다—
　　　　　일조 리별 우리 랑군
　　　　　일각 삼추 못잊겠소
　　　　　일편 단심 굳은 마음
　　　　　일시 형액 가소롭소

　　　　　일만번 죽사온들
　　　　　일호 변경 있으리까
형　　리　매우 치라—
집장사령　예—이.

ㅡ 두개를 딱 붙이니,

급 창 둘이요ㅡ
형 리 그래도 거역할가?
사령들 아뢰여라ㅡ
춘 향 二짜로 아뢰리다ㅡ
       이군 불사 충신이요
       이부 불경 렬녀오니
       이천리에 정배간들
       이심을 두오리가

       이팔 청춘 춘향 정곡
       이천(二天) 명촉 하옵소서
형 리 매우 치라ㅡ
집장사령 예ㅡ이.
       ㅡ 세개를 딱 붙이니,

급 창 셋이요ㅡ
형 리 그래도 거역할가?
사령들 아뢰여라ㅡ
춘 향 三짜로 아뢰리다
       삼생구사 하더라도
       삼강을 잊으리까
       삼광 같이 빛난 마음
       삼종지의 품었으니

       삼생가약 중한 몸을

삼월 화류로 아지 마오

변학도 (기가 막혀)

네 이년 대전통편(大典通編)을 모르는구나

춘 향 (고통을 참느라고 이를 복복 갈며)

대전통편이 무엇인지 자세히 일러 주오.

변학도 (형리를 돌아 보며)

네 대전통편을 내여 놓고 조년의 죄상을 자세히 일러 주라.

형 리 예이.

(대전통편을 뒤적이며)

춘향이 듣거라

대전통편에 하였으되—

모반대역하는 죄는

릉지처참하는 죄라 하고

거역관장하는 죄는

엄치정배 의당이니

너 죽는다 서러 마라

사령들 아뢰여라—

춘 향 대전통편의 법이 그러할진대

유부녀 겁탈하는 죄는

어찌하라 하였나요

— 변학도 그 말 듣자, 두 눈이 캄캄, 콧구멍이 벅벅, 목이 다시 콱 쉬며, 망건 편자가 툭 끊어져, 턱을 덜덜 떨더니,

변학도 조, 조, 조년을 저, 정치를 부수고 무, 물고장을 올려라.

사령들 예—이.

— 사령들 청령하고, 춤추듯 돌아가며 란장으로 마구 치니, 백설 같은 두 다리
에 살점은 없어지고 부스러진 뼈뿐이라.

— 그대로 기절하여 인사 정신 못차리니, 엎디였던 형리 통인, 고개 돌려 눈물
씻고,

집장사령 춘향이 물고요—

— 매질하던 저 사령도 눈물 씻고 돌아 서며,
「사람의 자식은 못하겠네……」

— 좌우에서 보던 사람, 거행하던 관속들도, 「춘향이 매 맞는 거동, 사람 자식은
못보겠다……」 남녀 로소 없이 락루하며 몰아설제,

변학도 (기막힌 듯)
　　　허 허 고년 말못할 년이로고… 고년 큰칼 씨워 항쇄 족쇄로 하옥
　　　하라.

사령들 예—이.
　　— 변학도 안으로 들어가고,

— 사령들은 춘향을 끌러 형틀 아래 내려 놓으니 호흡을 불통하여거의 거의 죽
어간다.
사령들 큰칼 들고 삿도를 욕도 하고 쉬— 하기도 하며, 눈도 흘기고 탄식도 할
제,
— 이때에 소문 듣고 춘향모가 향단이와 우루루 달려 들어와 춘향의 목을 안고,

월 매 아이고 이것이 웬일이냐
　　　춘향이가 죽다니……

　　　악아 춘향아

어미 왔다 정신 차려라
무슨 죄가 지중하여
이 정상이 웬일이냐

아이고 이것 죽겠구나
남원 부중 남녀 로소
내 딸 춘향이 죽소―

질청의 상좌 상존
장청의 집사님네
내 딸 춘향을 살려 주오
제 랑군 수절한다
이리 맞아 죽어 옳소
이 형벌이 웬일이요

아이고 여보 삿도
내 딸 춘향 무슨 죄요

六〇 당년 늙은 몸이
무남 독녀 춘향 하나
열 소경 한 막대로
불면 날가 쥐면 꺼질가
저만 믿고 내가 사오
나를 마저 죽여 주오

아이고 아이고 내 팔자야

분하여라 내 딸 춘향
명문가의 귀한 부인
눈 먼 딸도 원하더라
그런데가 못생기고
기생 월매 딸이 되어
이 정상이 웬일이냐

아이고 춘향아—

— 막 —

제 四 막

一 장 어사분발

춘향이 옥에 갇힌
그 이듬해 五월 초순
먼동이 틀 무렵.

전라도 초읍 려산(礪山)에서

막이 오르면
고개 마루턱에—
암행어사 리몽룡이 한가운데 서 있고, 서리 중방 역졸들이 그 앞
에 부복하여 어사 분부 기다린다.

어 사 서리 중방 듣느냐.
일 동 예이.
어 사 여기는 전라도 초읍 려산이라. 이로부터 호남 五十三관 차례로 순
행하되—,
막중 국사어니 분부 거행 불명하면 죽기를 면치 못하리라.
일 동 예이.
어 사 서리—
서 리 예이.

어 사 너는 예서 내달아서
           려산 익산 금구 태인
           정읍 고부 흥덕 고창
           무장 장성 광주 남평
           릉주 화순 동복 창평
           옥과로 두루 돌아

           금월 十五일 오시에
           남원 광한루로 대령하라
서 리 예—이.
어 사 중방 역졸—
중방들 예이
어 사 너희들은 예서 떠나
           림피 옥구 금제 만경
           함열 부안 령광 함평
           무안 라주 령암 해남
           장흥 보성 흥양 락안
           려수 순천 광양 구례
           곡성으로 두루 돌아

           금월 十五일 오시에
           남원 광한루로 대령하라
중방들 예—이
어 사 나는 예서 떠나
           전주 임실 무주 룡담
           금산 진안 장수 순창
           담양 운봉 들른 후에

남원 四十八면
소소히 렴탐하고
부중 안에 머물께니

너희들은 급급히 다녀 오되
백문이 불여 일견이라
남의 말을 믿지 말고

각 고을의 탐관오리
민간 토색 안하는가
퇴물 받고 사안쓰나
일일이 렴탐하고

불충불효 하는 놈
남을 음해 하는 놈
술 먹고 우악하여
로인 존장 모르는 놈
살인하고 엄치한 놈
국곡 투식하는 놈
유부녀 통간한 놈
남의 산소 사굴한 놈
어진 안해 무함하고
가장 두고 서방하고
제것 두고 빌어 먹고
주색 잡기로 판난 놈
남의 집에 불지른 놈
낱낱이 적어 쥐고

금월 十五일 오시에

남원 광한루로 대령하라

일　동　예―이

― 어삿도의 분부 듣고 서리 중방 역졸들이 한 사람만 뒤에 남고 좌우로 흩어
진다.

― 남은 역졸이 갈아 입을 의관 일습을 어사에게 올린다.

― 어사가 행장을 차리는데, 숫사람을 속이려고 모자 없는 헌 파립에 버레줄 총
총 매여 초사 갓끈 달아 쓰고, 당만 남은 헌 망건에 갖풀 관자 노끈 당줄 달아
쓰고, 으뭉하게 헌 도포에 무명 실띠를 흉중에 둘러 매고, 변죽 없는 부채 들고
한 걸음 앞으로 나선다.

― 역졸, 그가 벗어 놓은 의관을 수습하여 왼편으로 사라진다.

어　사　(홀로 남짜 한번 자기 몸을 둘러 본 후)

어언 三년이로구나

산하로 지은 맹세

한시 잊지 아니하고

주야 불철 글을 읽어

장원 급제 하였으며

천은이 망극하여

전라어사 제수되니

소원 성취 기쁜 마음

비길데 바이 없다

사해가 막막하여

불상한게 백성이라

창생의 질고 간난
일일이 살피련과

몽매에도 잊지 못한
나의 사랑 나의 춘향
쌓이고 쌓인 정회
이제는 풀겠구나

가까워 올사록에
마음이 더 바쁘다
두 나래 툭 툭 치고
훨 훨 나라 가고지고

—암 전—

二 장 농부가

— 장에서 수일 후

남원 교외 너른 들.
우편에 큰 소나무가 한 그루 서 있다.

무대에 불이 들어가면
때 마침 농절이랴,
농부들이 모조리 갈삿갓 도롱이 옆에 끼고, 들에 나와 모 심글제

상사 소리가 낭자하다.

≪농부가≫

에 에 에헤로 상사뒤요
에 에 에헤로 상사뒤요

오뉴월 농사방극
우리 농부 시절이라
패랭이 곡지에다
장화를 꽂고서
마구라기 춤이나
추어 보세

에 에 에헤로 상사뒤요
— 이 때 어사 좌편으로 나와 소나무 아래 앉아서 쉰다.

≪농부가≫

여봐라 농부야
이내 말을 들어 봐라
아나 농부야 말 들어라

사농공상 생애 중에
천하 대본이 농사로다
금관 옥대 귀한 벼슬
부려울줄 있을소냐

에 에 에헤로 상사뒤요
에 에 에헤로 상사뒤요

서마지기 논배미가
반달만큼 남았네
네가 무슨 반달이냐
초생달이 반달이로다

에 에 에헤로 상사뒤요

푸릇 푸릇 배추 잎은
찬 이슬 오기만 기다리고
남원 옥중 춘향이는
리도령 오기만 기다린다

에 에 에헤로 상사뒤요

구슬 구슬 흘린 땀이
주저리 주저리 열매 열면
바득 바득 말른 자식
토실 토실 살 찌겠다

에 에 에헤로 상사뒤요

선재 내고 환자 내고
겟돈까지 내고나면

　　남은 것이 하나도 없으니
　　무엇으로 살이 찌나

　　에 에 에헤로 상사뒤요
― 한 농부 썩 나서서 잦은 농부가를 먹이는데,

　　상사 소리도 듣기도 좋다

　　에 에 에헤로 상사뒤요

　　이 배미 심그고
　　저 배미 심그고
　　장구배미로 건너 가자

　　에 에 에헤로 상사뒤요

　　우리 고을은 四판일세
　　어이 하여 四판인가

　　우리 골 원님은 강판이요
　　행정 좌수는 롱판이요
　　륙방 관속은 먹을판 났으니
　　우리 백성은 죽을판 아니냐

　　에 에 에헤로 상사뒤요
― 한창 이리 할제,
농부― 자―쥐세.

(한 마디 하자 갈멍석 숙여 쓰고 앞서 두던으로 나온다)

농부들   쉽시다—

(다들 따라서 두던으로 나온다)

— 농부—, 곱돌조대 넌짓들어 꽁무니 더듬더니 가죽쌈지 빼여 놓고 담배에 세
우 침을 뱉어 엄지가락이 자빠라지게 비빗 비빗 단단히 담아들고,

농부—   명삼이— 화로 어디 있나?

농부二   (턱으로 가리키며)

게 있지 않소?

— 농부— 앞으로 나가 짚불을 뒤져 놓고 화로에 푹 질러 담배를 먹는데, 농군
이라 하는 것이 대가 빡빡하면 쥐새끼 소리가 나것다. 량볼태기가 오목 오목,
코궁기가 발심 발심, 연기가 홀홀 나게 피여 무니,

— 어사, 나무 그늘에 앉아 보다가 몸을 일어 앞으로 나오며,

어 사   어— 그 농부 입심 좋고—

— 그 말에 농부들 일시에 쳐다 본다.

어 사   (목통대 손에 쥐고 농부 —의 곁으로 가서 앉으며)

거 담배 한 대만 청했으면 좋겠구만……

— 농부— 말없이 가죽 쌈지에서 가루담배를 내여주는데,

농부二   (어사의 우 아레를 훑어 본뒤, 곁의 사람들을 돌아보며)

별 우수운 자식 다 보겠다. 얻어 먹는 비렁뱅이 녀석이 반말 지껄
이가 웬 일이야

농부三   (낫살이나 먹은 사람이라 어사를 홀낏 보고)

앗게……

비록 저 분이 주제는 허술해도 손길을 보아하니 량반이 적실하
고……

　　　　세폭 자락이 바이 맹물은 아니로세

농부三　(랭소하며)

　　　　령감 너무 아는체 마오

　　　　손길이 희면 다 량반일가

　　　　내 이놈을 뜯어 보니

　　　　움 속에서 송곳질만 하던

　　　　갖바치 아들이 분명하오

농부들　하, 하, 하, 하……

어　사　(어이 없는 듯 따라 웃으며)

　　　　허— 그 사람. 입이 험하군……

농부四　(문득 우편을 바라보고)

　　　　저, 쇠돌이 아니라고?

　　— 모두들 그 편을 본다. 딸랑 딸랑…… 말방울 소리 들려 오다 다시 멀어 진다.

농부四　뭘 한바리 잔뜩 실었다……

　　　　(혼잣말로 한마디 하다가 곁을 돌아보며)

　　　　아마 읍내로 들어 가는 모양이지?

농부一　(반은 혼잣말로)

　　　　김도사댁 새님이 샷도 생신에 명주 백필 보낸다더니……

농부四　참 샷돈지 무엇인지 생신이 이달 보름이라지?

농부三　내 리패두한테 들었는데 굉장힌 차린다데. 앗다 소만 암만을 잡는

　　　　다든가?……

농부四　오—라 그래서……

　　— 농부들 물끄럼이 그의 얼굴을 쳐다 본다.

농부四　(그들을 둘러 보며)

아—니 어제 타온 환자미에 모래가 절반이나 섞였게 말이야……

흥! 진탕 잘 쳐먹겠다.

어 사　(그들의 수작을 말 없이 듣고 있다가, 한자리 앞으로 나앉으며 들 떼여 놓고)

이 고을 원님의 공사가 어떠한고……

농부二　(어사의 얼굴을 빤히 한번 쳐다 본뒤, 여러 사람을 둘러보며)

어사 났다면 저런것들 보기 싫데

농부一　뭐? 어사?— 허, 허, 허, 허…… 참말 어사인 듯 공사 묻고……

공사 어찌하여—

밥 잘먹고 술 잘먹고 호미질 갈퀴질에

쇠시랑질까지 다 잘하니 그 우에 명관 없고……

농부三　(뒤를 받아서)

그나 또 그뿐인가

수절하는 춘향이가

수청 들지 않는다고

형장 쳐서 하옥하니

아무렴 명관은 명관이지

농부四　내 또 들으메 이번 생신 잔치 끝에

춘향이를 올려다가 아주 때려 죽인다니……

그 말이 정말일가

농부三　그런 말이 돌긴 돌데

농부二　춘향이 죽는 꼴을

그대로 볼 것인가

담아 내든 어찌 하든

무슨 요량이 있어야지

농부一　자네 사발통문 못보았나

어 사 (그말은 못들은체)

들으니 춘향이가

다른 서방 하노라고

본관 수청을 안든다지?

　—그 말에 모두들 눈을 세모로 뜨는데,

농부二 (눈곁에 달려 들어 어사의 뺨을 딱 붙이고)

가래장부로 아래장부를 싹 실어버려, 이놈……

(한마디 뇌까리자 멱살 잡아 일으키며)

총각 대반. 가래 이리 가져 오너라. 여기 파고 이놈 묻자.

어 사 (착급하여)

여보 살려 주오. 한번 실수는 병가지 상사라지 않소?

농부三 (손을 내저으며)

그만 두게. 어린 사람이 철모르고 한 말이니 그만 보내소

농부二 (잡았던 멱살을 놓아 주며)

엇다 미끄러져라. 묘 참 잘 썼다.

농부들 하, 하, 하, 하……

농부一 (어사를 훈계하여)

그런 말 또 하다는 목숨 살기 어려우니, 일홀랑은 그리 마소.

어 사 다시야 그럴 법이 웨 있겠소.

(옷을 털며)

허— 망신이로고—

농부一 (여러 사람을 둘러 보며)

자— 봇들로 또 가 볼가?

농부들 갑시다—

　— 농부들 좌편으로 나간다. 농악 소리 잠시 들리다가 멀리 사라진다.

어 사 (그 자리에 그대로 서서 그들의 뒤를 바래고)

본관 수청을 거역하다가 춘향이가 옥에 갇혔다?……

(먼 하늘을 바라보며 생각에 잠기다가)

이달 보름이라……

(한마디 중얼거리고 돌아서서 우편으로 발길을 옮기다가 문득 걸음을 멈추고)

저 놈이 뽈짝쇠 아닌가?

(잠간 어찌 할가 하다가 먼저 쉬던 소나무 뒤로 가서 은신한다.)

― 우편으로서 전일의 책방 방자 뽈짝쇠가, 초록대님 발감개 륙승마포 왼골전대 허리 눌러 잘끈매고, 한발 넘는 웃놀이채 량끝 잘라 뚝 뚝 짚고, 실렁 실렁 올라 오며 서러운 신세 자탄 노래를 한다.

어이 가리 너허
어이 가리 너허
한양 천리 어이 가랴
길은 멀고 먼데
한양성이 어디메냐

어떤 사람 팔자 좋아
일대 영화 부귀하고
이놈 팔자 어이하여
이다지도 곤궁하여
길품 팔러 나섰느냐

내 신세는 팔자지만
춘향 신세 가이없다

모지도다 모지도다
본관 삿도 모지도다

렬녀 춘향 몰라보고

위력 겁탈 하려 한들
송죽 같이 굳은 절행
계 뉘라서 굽히리오

어이 가리 너허
어이 가리 너허

어　사　(부채로 차면하고 나무 뒤에서 나오며)
　　　　아나 이애—
방　자　(걸음을 멈추고 서서 그의 우아래를 훑어 보고)
　　　　보아하니 새파란 젊은 량반이 나 많은 총각 어른 보고 「아나 이
　　　　애?」
어　사　이애 내가 잠간 실수했다. 그런데 너 어디 가니?
방　자　춘향아씨 편지 가지고 서울 구관댁에 가오.
어　사　이애 그 편지 좀 보자.
방　자　허— 그 량반 철모르는 량반이로군.
어　사　그게 웬 소린고?
방　자　아니 그래 남의 내간을 보자 하오?
어　사　네 말이 옳다마는—, 내 들으매 춘향이가 문장이요 명필이라더구
　　　　나.
　　　　아무리 내간이기로 겉봉 잠간 보는거야 무슨 상관 있겠느냐?
방　자　앗다 그는 그리 하오.
　　— 방자, 전대에서 편지 꺼내 어사앞에 내여 민다.
　　— 어사, 피봉을 보니 춘향의 필적이 적실하다.
눈물이 핑 돌며 손이 부르르 떨려 차면한 부채를 땅에 떨어 뜨린다.

방　자 (그의 얼굴을 어리둥절 쳐다보다가 땅에 엎드리며―)

　　아이고 서방님―
　　소인 방자 문안이요
　　령감마님 행차 후에
　　기체 안녕 하옵시며
　　서방님도 먼 먼 길에
　　로독 없이 오시니까
어　사　오냐 너도 잘 있었니?
　　(급한 마음에 더욱 떨리는 손길로 춘향의 편지를 들어 보니, 사연에 하였으되)

　　한번 떠나 가옵신 후
　　우금 三년에
　　일장서 없으시니

　　북천을 바라보매
　　두 눈이 뚫어질 듯
　　우산이 막막하와
　　창자가 끊기는데

　　무심한 호접몽만
　　천리에 오락 가락
　　산란한 이 내 심사
　　달랠 길 바이 없어
　　긴 한숨 피 눈물로
　　화조 월석 보내더니

　　　　신관 삿도 도임 후에
　　　　수청 들라 엄한 분부
　　　　죽기로써 거역하다
　　　　참혹한 악형을 당하여

　　　　모진 목숨이
　　　　아직 끊지든 않았으나
　　　　장하의 원혼이
　　　　미구에 될 터이라

　　　　바라건대 서방님은
　　　　길이 만종록을 누리시다
　　　　후생에나 다시 만나
　　　　리별 없이 살아지다
— 편지 끝에 하였으되,

　　　　기세하시 군별첩고
　　　　자기동혈 우동추라
　　　　광풍반야 우여설하니
　　　　하위남원 옥중퇴라……
혈서로 하였는데 평사락안 기러기격으로 그저 툭 툭 찍은 것이 모두다 애고로
다.
— 어사 보고, 두 눈에 눈물이 맺거니 듣거니, 저도 모를 결에 주먹을 불끈 쥐
고,

어　사　이놈을 그저 당장에 삼문 벼락을 내려야……
방　자　(그 말에 귀가 번쩍 띠여, 새삼스레 그의 얼굴을 다시 한번 쳐다 보

고는 싱글 벙글 하며)

서방님 출도시엔, 예—소인도 그저…

어 사 이놈, 내가 어사나 되었으면 그리겠단 그 말이지……, 어찌 그럴 수
가 있느냐?

방 자 (픽 웃고)

관가에서 눈칫밥으로 자란 놈이요.

이런대도 아옵고 저런대도 압지요.

(절로 어깨가 으쓱 으쓱)

불의 불법 밝히여서

백성의 원을 풀고

패악지사 들추어서

강산을 바로잡는

삼문 출도에

어깨가 으쓱

달덩이 같은 마패에

신바람이 절로 나네……

어 사 (깜짝 놀라 륭기하고)

이놈! 입 조심 않고, 마패니 출도니 함부루 지껄이니……

방 자 (송구하여 목을 움츠리며)

예…… 예……

— 어사, 방자를 반히 바라보며 잠간 생각다가 혼자 고개를 끄덕이고,

어 사 이애 방자야. 네 잠간 기다려라.

방 자 예—

— 어사, 소나무 아래로 가서, 전대에서 종이 내고 필랑에서 붓 꺼내여 두어자
급히 적을 때,

방 자 (좋아서 춤을 추며)

잘 되었다 잘 되어
얼시고나 잘 되어

어리고 귀여웁던
앗자제 도련님이
이제는 헌헌장부
국가 동량이 되었고나

어　사　(다 쓰고 나자 접어서 방자에게 주며)
　　　　네 이 서간을 운봉 관가에 갖다 드리면 주시는게 있으리라.
　　　　내 만복사에서 머물 것이니 네 그리로 대령하라.

방　자　예—
　　　　(련방 싱글 벙글…… 서간을 전대에 넣어 허리에 띠고)
　　　　살았고나 살았고나
　　　　렬녀 춘향 살았고나

　　　　리화춘풍 건 듯 불어
　　　　남원에 봄이 드니
　　　　굳이 닫힌 그 옥문이
　　　　언강 풀리듯 열리겠구나

　　　　얼시구 절시구 지화자 좋네
　　— 방자 노래 부르며 우편으로 나간다.

어　사　(잠간 서서 그 뒷모양을 바래며)
　　　　저놈이 입이 방정맞아……, 대사를 앞두고 어쩔 수 없다. 운봉 옥
　　　　중에서 며칠만 고생하여라.

— 막 —

제 五 막

一 장 칠성단

전장에서 수일 지난 황혼녘.

춘향의 집.
─많이 퇴락하고 온 집안에 찬 기운이 돈다.

우편에 부용당.
좌편으로 후원의 ─부가 보인다.

후원 뒤로부터 앞으로 담이 둘리고,
무대 좌편 앞으로 일각문.

담 밖은 골목.

막이 오르면
무대는 비였는데,
뒷곁에서 물 쓰는 소리 들린다.

─ 안으로서 향단이가 미음 그릇 예반에 받쳐서 식지 덮어 이고 뜰로 나오자 뒷곁에다 대고,

향 단 마나님─

                    아가씨께 갔다 와요
        ― 뒷곁에서 월매 소리난다.

월 매 오― 다녀 오너라

        ― 향단이 밖으로 나와 좌편으로 사라지자,
        ― 담 밖 뒷길로 어사 걸어 나온다.

≪방 창≫

            일락 서산 황혼시에
            춘향 문전 당도하니

            행랑은 무너지고
            잡초만 우겄는데
            첩첩히 닫힌 덧문
            사람 자취 전혀 없네

            화조 월석 좋은 시절
            어제런 듯 하건마는
            예 놀던 부용당에
            주인은 간데 없고

        ― 창 앞에 옛 절개는 록죽 청송 뿐이로다
        ― 일각문 밖에서서 어사 리몽룡, 자못 감개무량하여 안을 두루 살피는데, 문득
        후원에 인기척이 있어 그편을 바라보니,
        ― 칠성단(七星壇) 앞에 춘향모 월매가 등불을 밝히고서, 새 동의 새 소반에 정

화수를 받쳐 놓고 분향 재배 비는 말이,

월　매　비나니다 비나니다

　　　천지지신 일월성진
　　　관음보살 오백라한
　　　사해룡왕 팔부신장
　　　성주 조왕전 비나니다

　　　한양 사는 리몽룡을
　　　전라 감사나 암행 어사를
　　　점지하여 주옵시면

　　　옥중에 죽는 자식
　　　살려 낼가 하나니다
　　― 빌기를 다한 후에 춘향모 일어서며, 후유 한숨 눈물질제,

어　사　(월매의 정성 보고 저도 한숨 지으며)

　　　내 벼슬한게
　　　선영 음덕으로 알았더니
　　　우리 장모 덕이로고―

― 기침을 크게 하고 안을 향하여,
이리 오너라 ―
― 그 소리에, 부용당 섬돌 아래 졸고 있던 청삽살이가 구면객을 몰라 보고 컹
컹 짓고 내닫는다.
― 개를 보아도 감회가 깊어

요 개야 짖지 마라
주인 같은 손님일다
너희 주인 어디 가고
네가 나와 반기느냐
(다시 안을 향하여)
이리 오너라 ―
― 월매, 뒷 곁에서 나오다가 그제야 소리 듣고,

월　매　(반은 혼잣말로)
　　　밖에 누가 왔나?……
어　사　(한층 청을 높여)
　　　이리 오너라 ―
월　매　(미간을 찡그리고 혀를 한번 찬 다음에)
　　　게 누구요?… 경향 없으니 다른 데나 가 보소.
　　― 댓돌로 올라가 마루끝에가 걸터 앉는다.

어　사　이 사람, 날세.
월　매　내가 누구야?
어　사　보면 아느니…… 좀 나오게
월　매　(다시 미간을 찡그리고)
　　　아―니, 이 밤중에 누가 와서 늙은이를 오너라 가너라해?……
　　― 몸을 일어 뜰로 내려서며,

　　　거 누가 날 찾나
　　　거 누가 날 찾나
　　　날 찾을이 없건마는

거 누가 날 찾나

남원 四十八면 중에
내 소문을 못들었나

내 신수 불길하여
무남 독녀 딸 하나
금옥 같이 길러 내여
험옥중에 넣어 두고
명재경각이 되었는데—

무슨 경황이 있다고 날 찾아 왔어?
볼 사람 없으니 어서 가소.
— 어사 문 안으로 들어 선다.
월매가 다 늙어 눈이 어두운데다 때마침 황혼이라, 누군지 알아 보들 못한다.

어 사 어허 이 사람 날 몰라
내가 왔네 자네가 날 몰라

—별 후 三년이니
자네 본지 오래로세
무정 세월이 류수 같애
저 백발이 어인 말가
자네 일이 말이 아니로세

내가 왔네 자네가 날 몰라
월 매 앗다 이 사람아

　　　　말을 해야 내가 알지

　　　　일락 서산 날은 저물고
　　　　성부지 명부지한데
　　　　내가 자네를 알 수 있나
　　　　말을 하소 말을 하여
어　사　어허 늙은이 망령이여
　　　　어허 늙은이 망령이여
　　　　내 성이 리가래도
　　　　자네가 모르겠나
월　매　리가라니 어느 리가
　　　　성안 성밖 많은 리가
　　　　어느 리간줄 내가 아나

　　　　자네는 성만 있고 이름은 없나?……
　　　　볼 사람 없어, 어서 가소.
어　사　허 허 장모 망령이여
월　매　(어리둥절하여)
　　　　무어, 장모?—
어　사　우리 장모가 망령이여
　　　　정녕 자네가 날 모른다면
　　　　거주 성명을 일러 줌세

　　　　서울 삼청동 사는
　　　　춘향 랑군 리몽룡—
　　　　그래도 자네가 날 몰라
월　매　(너무나 뜻밖이라 제 귀를 의심하며)

　　　　무엇이?…… 리몽룡이라니 자네가 정녕 춘향 랑군 리몽룡인가?

어　사　바로 그 리몽룡일세
　　　　— 월매가 물에 바진 놈 고함지르듯 어허 어허 하더니, 우루루 달려 들어 어사
　　　의 손을 잡고,

월　매　아이고 이게 누구인가
　　　　리몽룡이라니 어디 보세
　　　　서울 사람 무정터라
　　　　한번 가선 영 영 잊고
　　　　소식조차 끊어지니
　　　　어찌 그리 무정한가
　　　　야속하다고 일렀더니
　　　　어디 갔다가 이제 왔나

　　　　하늘에서 떨어졌나
　　　　땅에서 불끈 솟았나
　　　　구름에 싸여 왔나
　　　　바람에 불려 왔나

　　　　어디를 갔다가 이제 왔나
　　　　얼시구나 내 사위
　　　　— 옥에 갔던 향단이가 문을 들어 서려다가 멈춪하니 서서 본다.

월　매　(어사의 팔을 잡아 끌며)
　　　　들어 가세 이 사람아
　　　　뉘 집이라고 아니 들어오고
　　　　문전에서 개만 짖기는가

들어 가세 들어 가세

　　　(먼저 마루로 올라 가며)
　　　자―어서 올라 오소.
　　― 어사, 말 없이 따라 올라 간다.
월　매　(문득 문쪽을 보고)
　　　향단이냐?
향　단　네―
월　매　이애 서방님 오셨다. 서울 서방님이 오셨어.
향　단　(놀라며 반가워)
　　　서방님이 오셨어요?……
　　― 이 사이에 어사 마루우에 자리 잡고 앉는다.

향　단　(우루루 들어 와서)
　　　소녀 향단이 문안이요―

　　　령감마님 행차 후에
　　　기체 안녕하옵시며
　　　서방님도 먼 먼 길에
　　　평안히 오시니까
어　사　오냐 향단아
　　　고생이 어떠하냐
향　단　소녀 몸은 무탈하오나

　　　옥중 아가씨를
　　　구할 길이 없사오니
　　　이 노릇을 어찌하리가

어 사 향단아 우지 마라
　　　너의 아씨가
　　　설마 살지 죽을소냐
월 매 (서서 듣다가 향단이를 향하여)

　　　서방님이 오셨으니
　　　이제는 살았다

　　　건넌방에 점화(點火)하고
　　　뒤숭어미 불러다가
　　　진지 얼른 짓게 하고
　　　너는 닭 잡아 찬수해라
향 단 네ー
　　ー 향단이는 부리나케 안으로 들어 가고,

　　ー 월매는 분별을 하고나자 방으로 들어 가며,

월 매 천병 만마 검극중에도
　　　비켜설 틈이 있다더니

　　　실낫 같은 내 딸 목숨
　　　죽지 않고 살려니까
　　　우리 사위가 오셨구나
　　ー 촉대에 불 밝혀 들고 다시 마루로 나오며,

　　　래일이 본관 생신인데
　　　알고 오셨나 모르고 오셨나

생각할수록 신기하다
― 어사 앞으로 와서 앉으며,

알뜰한 우리 사위
옛 모습을 어디 보세
― 월매 불을 들고 사위 모습 살펴보니, 얼굴은 옥이로되 의복이 람루하고 궁상
이 지르르 흘러 옛 풍채 간곳 없다.

춘향모 그만 간담이 서늘하고 두눈이 캄캄하여 「애고」 한마디를 하고 힘없이
그 자리에 주저 앉으며,

월　매 (기여 들어가는 목소리로)

아―니 이 사람아
이 모양이 웬 일인가
어　사　장모 내 말 들어 보소

서울에 올라간 후
자나 깨나 춘향 생각
글 공부에 뜻이 없어
과거에도 락방하고
가산도 탕진하여
신세 자연 고단키로

춘향이나 찾아 볼가
불원 천리 왔더니만
춘향이는 나보다 더

참혹하게 되었으니

내 신세가 웨 이럴가
기가 막혀 말조차 안나오네
월　매 (그말 듣고 기가 막혀)

아이고 이젠 죽었고나―

우리 모녀 다 죽었네
애고 하느님
이다지도 야속하오

하느님도 무심하고
일월성진 제불미륵
오백라한도 쓸데 없다
― 벌떡 일어나자 버선발로 주루루…… 후원으로 들어 가서 와르르…… 칠성
단을 허물어 뜨리고,

령험 없는 단을 모고
손 발 닳게 빌었고나
― 도루 앞으로 걸어 나오며 실심한 사람 모양,

불상하다 내 자식아
아까워라 내 딸이야
二八 청춘 좋은 때에
만종록을 못누리고
어미를 잘못만나

　　　　　원통히도 죽는구나

　　　　　너 죽는 것 어이 보랴
　　　　　내가 먼저 죽으리라
— 월매 목접이질 하여 가며 가슴을 쾅쾅 두드리니, 어사 내려 가서 팔을 잡아
끌어 올리며,

어　사　여보소 장모—
　　　　　나를 보아 진정하소
월　매　무엇이? 진정?— 언청이 사위 나를 보고 참으란다더니 자네 보고
　　　　　참아?……
어　사　(월매를 마루 끝에 잡아 앉히며)

　　　　　여보 장모 그리 마소
　　　　　행색이 초초하여
　　　　　옛 풍채 없을망정
　　　　　어찌 될줄 장모 아나

　　　　　상전이 벽해 되어도
　　　　　비켜 설 길이 있다 하니

　　　　　여보소 장모—
　　　　　우지 말고 진정하소
월　매　흥!……

　　　　　제라 별수 있나
　　　　　어사 될가 감사 될가

생긴 꼴이 객사하겠다
— 숨을 한번 길게 내쉬고, 장죽을 집어 들자 곁에 놓인 화롯불에 불을 붙여 입
에 문다.
— 이때 안으로서 향단이 상을 차려 들고 나와 댓돌로 올라 선다.

어 사 (월매 수작에 대꾸하여)
　　　앗다 무슨 사가 되든, 사만 되면 안 좋은가?
　　　(마침 앞에다 상을 갖다 놓는 향단이를 향하여)
　　　시장하던 차에 마침 가져 오는구나.
향 단 바삐 짓느라고 진지가 좀 되게 되었사와요. 그래도 서방님, 많이 잡
　　　수시오.
월 매 (고개를 돌려 향단이를 흘기며)
　　　이년아 듣기 싫다. 되면 어떻고 질면 어떠냐? 어서 안으로 썩 들
　　　어 가거라.
향 단 (정색하고 월매를 향하여)

　　　마나님 그리 마오—

　　　멀고 먼 천리길에
　　　뉘 보려고 오셨관대
　　　옥중 아가씨를 생각키로
　　　이리 할 수 있으리까

　　　(다음에 어사를 향하여)

　　　우리 마나님이
　　　홧김에 저러시니

　　　　　서방님 조금치나
　　　　　노여워 마옵소서
어　사　(련방 밥을 떠 먹으며)

　　　　　오냐 향단아
　　　　　그만 소리에
　　　　　노여워 어쩌느냐
　　　　　얻어 먹는 사람이란
　　　　　비위가 좋아야만
　　　　　배를 곯지 않느니라
월　매　가련하다 연안 리씨
　　　　　청풍 외가가 울겠구나
어　사　죽은 정승이
　　　　　산 강아지만 못하단 말
　　　　　자네도 들었으리

　　　　　체모 불고하고
　　　　　악착 같이 살아야지

— 두다리 사이에다 밥상을 꼭 끼고, 마파람에 게눈 감추듯 밥 한사발을 훅닥하
더니 다 먹고서, 밉게만 보이려고,
어　사　이애 향단아—
　　　　　눌은밥 있건 가죠나라
월　매　(기가 막혀 혀를 차며)
　　　　　하나도 된건 없고
　　　　　밥만 잔뜩 먹어
　　　　　식충이가 되었구나

어 사 책방 시절에는
        잣죽만 먹어도 끌끌하더니

        신세가 이리 되매—
월 매 꼬락서니가
        가릴 것은 없게 됐네
어 사 (트림을 하고 나서)
        이만하면 무던하다—

        말 타면 경마라고
        이제는 춘향일 좀 보아야지
월 매 아무렴 보세야죠
        예까지 오셔서
        춘향이를 안봐서야
        인정이라 하오리까

        어서 가 보소—
향 단 (상 들고 안으로 들어 가려다 어사를 돌아보고)

        서방님—
        바루(漏) 치건 가사이다
어 사 바루를 쳐야 가느냐?
향 단 네.
     — 향단이 안으로 들어간 뒤에, 어사와 춘향모, 각기 생각에 잠겨 한동안 말 없
다.
     이윽고 뎅— 뎅— 바루 치는 소리 멀리서 웅성깊게 들려 온다.

— 안으로서 향단이, 등통에 불 밝혀 들고 나오며,

향 단 바루를 쳤사오니 아씨전 가사이다
어 사 (가만이 한숨 지으며)

       향단이도 자지 않고 바루 소리를 들었느냐

— 어디선가 밤새 우는 소리 붓붓 들려 오고, 문득 음산한 바람이 일는다.

— 어사와 춘향모, 말없이 뜰로 내려 와, 향단이를 앞세우고 나갈 때,

— 막 —

二 장 옥중가

— 장과 같은 날 밤.

남원 옥에서 —

무대에 불이 들어가면
옥문 밖에 사정이는 꾸벅 꾸벅 졸고 앉았는데, 춘향이 홀로 깨여 장탄가로 울음
운다.

춘 향 봄 밤이 짧다건만
         나는 어이 이리 긴가

무슨 죄가 지중하여
천리에 님 여이고
적막 공방 찬 자리에
산 귀신이 되단 말가

이대로 님 못보고
옥중 고혼 되거드면
이 몸은 돌로 굳이
망부석이 되려니와

무의 무탁 우리 모친
누가 있어 봉양하며

천한 계집 수절한 죄로
원통히 죽은 한을
뉘라서 풀어 주리
죽자 해도 못죽겠네

애고 애고 내 일이야—
— 춘향이 자탄하다 제풀에 잠이 든다.

멀리서 바루 치는 소리 뎅— 뎅—
어디선가 밤새 우는소리 붓 붓,

문득 음산한 바람이 일어나며, 뒤를 이어 궂은 비 흩날리고,
먼데서 번갯불이 번쩍, 천동이 우르르르……

— 옥사정이 잠이 깨여 옥 안을 살펴 보고 선하품을 하는데,
— 춘향모 향단에게 등통 들려 앞세우고 좌편에서 들어 온다.

옥사정 누구요—

— 헌청난 소리로 한마디 묻고 살펴 보다가 즉시 고개를 끄덕 끄덕 알은체 하고, 부스스 일어나 밖으로 나가다가, 뒤 따라 들어오는 리몽룡을 잠간 훑어 보고 그냥 나간다.
월 매 (옥문 앞으로 다가 서며)
       악아 춘향아—
— 춘향이 잠이 들어 대답 없다.

월 매 (조금 소리를 크게 하여)
       춘향아—
— 어사, 월매 등 뒤에가 서서 옥 안을 기웃이 넘겨다 본다.

춘 향 (부르는 소리에 놀라서 잠을 깨며)
       게 누구요?
월 매 내다.
춘 향 애고 어머니요? 이 밤중에 어찌 오셨소?—

       이 몹쓸 딸자식을 생각하여
       천방 지방 다니다가
       락상하면 어찌 하오
       일훌랑은 오실라 마오
월 매 (손등으로 코 밑을 훔치고)

이애, 왔다.

춘　향　와요?—

　　　　오다니 뭣이 와요?

　　　　서울서 편지 왔소?

　　　　나 데리러 사람이 왔소?

월　매　잘 되고 귀히 되고 그만 되고 가엾이 되고 좋은 거지 되어 왔다

춘　향　누가요? 어머니—

월　매　(저모르게 한숨 쉬고)

　　　　너 평생 상사하던 서방인지 무엇인지……

춘　향　(그 말에 소스라쳐 놀라)

　　　　무어요? 어머니 서방님이 오셨어요?

　　　— 서방님이 왔단 말에 춘향의 급한 마음, 흑운 같이 흩은 머리 목에 휘휘 둘러
대고, 길 넘는 전목칼을 드르르 드르르 끌면서, 「애고 허리야 애고 허리야……」
칼머리 들어 저만큼 놓고, 두손으로 땅을 짚고 뭉긋 뭉긋 문 앞으로 기여오며,

춘　향　서방님 어디 왔소 서방님 오셨거든 말 소리나 들어 보세

어　사　(앞으로 나서 문살 틈으로 손을 넣으며)

　　　　춘향아—

　　　— 앙상하니 뼈만 남은 손을 내밀어 춘향이 랑군의 손을 잡는다.
서로 손을 마주 잡고 잠시는 말이 없이 오직 삼키느니 울음이요 흘리느니 눈물
이라.

　　　— 월매, 얼바진 사람 모양 서 있고, 향단이는 두손으로 낯을 가리고 소리없이

운다.

음산한 바람이 다시 한차례 세차례 불며 지난다.

어느틈엔가 비는 멎고, 처마 끝에 들리느니 락수 소리만 뚝 뚝……

어 사 (먼저 진정하여)

　　　춘향아 내가 왔다. 정신을 차려라.

춘 향 (정신을 차려 고개를 들고)

　　　애고 이게 누구요?

월 매 (기가 막혀)

　　　저 잘된 것 보고도 서방이라고……

춘 향 어머니—

　　　그게 어인 말씀이요

　　　잘 되어도 내 랑군

　　　못되여도 내 랑군

　　　고관 대작 내 다 싫고

　　　만종록도 내 다 싫소

　　　어머님이 정한 배필

　　　좋고 긇고 어디 있소

　　　나를 찾아 오신 랑군

　　　그게 어인 말씀이요

　　　서방님—

　　　어찌 그리 무정하오

　　　박명하다 우리 모녀

　　　　서방님 리별 후에
　　　　자나 깨나 님 그리워
　　　　일구월심 한일러니

　　　　하느님이 감동하여
　　　　죽지 않고 살았다가
　　　　다시 볼줄 몰랐구료
　　― 애절한 그 소리에 창자가 끊기는 듯,

어　사　오냐 춘향아 우지 마라

　　　　그리운 너를 보려
　　　　불원 천리 찾아 오니
　　　　빙옥 같은 네 절행에
　　　　옥중 고초 웬 말이냐
　　　　네 죄가 아니라
　　　　모두 내 불찰일다
　　― 문득 구름이 벗겨지며 월색이 교교하다. 휘영청 밝은 달빛에 님의 행색을 새
　　삼스레 살펴보고,

춘　향　(깜짝 놀라)

　　　　애고 서방님―
　　　　어찌 이리 되시였소?
어　사　춘향아 서러 마라
　　　　인명이 재천일다……
춘　향　(멍하니 랑군을 쳐다보다가 문득 마음을 도사려)

몽매에도 그리우던
님을 다시 만나 뵈니
이 자리에 죽는다고
무슨 한이 있으리만……

(모친을 향하여)

어머니—

내가 집에 없다 하고
어머니가 화를 내면
천리에 오신 랑군
그 마음이 편하리까

집에 돌아가시거든

우리 둘이 인연 맺던
부용당에 점화하고
둘이 덮던 금침 펴고
사처를 정하시고

나 입던 비단 장옷
봉장 안에 들었으니
되는대로 팔아다가
서방님 의관 일습 해드리오
월 매 그는 그리라도 하자

춘 향 향단이 게 있느냐?
향 단 네—
춘 향 서방님 침수 범절
        안녕하고 못하시기
        전혀 너 하기에 달렸으니

        밤참 조반 전후사를
        지성으로 궁궤해라

        어리고 약한 네가
        진일 마른일 가리잖고
        혀도 같고 손과도 같이
        시종해 온 그 은공을
        이생에서 못갚으니
        그것이 여한이다
향 단 아씨 그게 무슨 말씀이요

        옛날의 주문왕과
        대성인 공부자도
        옥중 고초 겪었으니
        아예 락심 마옵소서

        하늘이 무너져도
        솟아날 궁기 있다 하니
        아씨 같은 높은 절개
        설마하니 어쩌리까
춘 향 (가만이 한숨 짓고)

　　　　　서방님—
어　사　왜?
춘　향　들으니 래일이
　　　　　본관삿도 생신이라
　　　　　잔치 끝에 나를 올려
　　　　　죽이겠다 벼른다니

　　　　　부디 멀리 가지 말고
　　　　　옥문 밖에 지켜 섰다
　　　　　나를 올리라 령 내리건
　　　　　칼 머리나 들어 주고

　　　　　나를 죽여 내치거든
　　　　　삿군인체 달려 들어
　　　　　들쳐 업고 나오셔서

　　　　　정결한 곳 가려 찾아
　　　　　깊이 파고 묻으실 때

　　　　　서방님 속적삼 벗어
　　　　　내 가슴을 덮어 주고
　　　　　무덤 앞에 표석 세워

　　　　　『수절 원사 춘향지묘』라
　　　　　여덟자만 새겨 주오.
어　사　춘향아—
　　　　　너무 서러 마라

춘 향 도리는 아니오나
        또 한 말씀 부탁이요

        내 몸 하나 죽어지면
        六○당년 우리 모친
        무의 무탁 가련하니

        하해 같은 처분으로
        로모를 받들어서
        춘향 같이 생각하면
        죽어 황천 돌아가서
        결초보은 하오리다
월 매 (기가 막혀)

        아이고 저것 말 들어 보소
        유언을 하네그려

        六○당년 늙은 것이
        백발이 흩날리는 머리
        물 마를 날이 전혀 없이
        지성 발원 빌었건만

        기다리고 믿었던 사위가
        八도 걸인 되어 오니
        죄 없는 내 자식만
        속절 없이 죽었고나
춘 향 어머니 너무 서러워 마오

불초 녀식이
서령 원사하더라도
서방님이 안계시오

일시 불우하여
지금은 저러셔도
서방님의 품은 포부
경륜이 있으리다
— 먼데서 닭이 운다. 그것을 받아서 가까운 데 닭이 또 운다.

월　매　(저도 모르게 소리를 내여)
　　　　애고 이 밤이 새는고나……
— 잠간 사이.

— 닭이 한회 또 운다.

춘　향　서방님. 오죽이나 곤하리까. 어서 나가 주므시오.
향　단　(월매를 향하여)
　　　　마나님, 서방님 뫼시고 가십시다… 아씨 안녕히 주므세요.
— 월매 그대로 얼빠진 사람 모양 서 있는 것을 향단이 팔을 이끌어 앞을 서
나가는데,

— 어사 따라 나가다가 문득 발길을 멈추고 잠간 생각한 후,

어　사　(다시 옥문 앞으로 와서)
　　　　춘향아—

춘 향 (놀라 고개를 들며)

　　　　서방님, 왜 가시지 않고 도루 오셨소?

어 사 나도 네게 부탁이 있어 왔다.

　　　　(말 마디에 힘을 주어)

　　　　나를 다시 보기 전엔 딴 마음을 먹지 마라.

춘 향 네. 서방님 념려 마시고 어서 나가 주므시오.

　　— 어사, 무슨 말을 더 할 듯 잠시 섰다가, 마음을 결단하고 몸을 돌쳐 나갈 때,

　　　　　　　　　　　　　　　　　　— 막 —

제 六 막 출 도

전장의 이튿날

남원부사 아문 동헌에서

풍악 소리 류량한 중에

막이 오르면

동헌 릉한각(凌寒閣)에 본관 변학도의 생일 잔치가 벌어졌다.

당상에 근읍 수령이 구름 같이 모였으니,
운봉영장, 구례, 곡성, 순창, 옥과, 진안, 장수…… 각 고을 원님들
이 차례로 늘어 앉고,
좌편에는 행수 군관, 우편에는 청령 사령.
한 가운데 본관 변학도가 주인이 되어, 저마다 다담상을 앞에 놓
고 진양조가 양양한데,

뜰에는 기치 군물 (旗幟軍物)이며 륙각 풍류(六角風流) 반공에 떠
있고, 록의 홍상 기생들은 백수라삼 높이 들어 지화자 둥덩실 춤
들을 춘다.

― 이윽고 춤이 끝나며 기생들 물러 간다.

― 당상의 변학도와 각읍 수령들, 기생들 끼고 앉아 술잔을 기울이며 취흥이 자 못 도도한 중에,

변학도 (기생이 올린 술잔을 받아서 한숨에 쭉 들이킨 다음)
　　　　여보 순창―
순 창 (안주를 집다 말고)
　　　　예?
변학도 들으니 순창 三년에
　　　　재미를 쏠쏠히 보셨다고―
순 창 원 재미가 무슨……
변학도 재미가 무어라니
　　　　리판(吏判)대감 수연에도
　　　　순창서 올라간 봉물짐이
　　　　그중 굉장했다던데……
순 창 허, 허, 허, 허……

　　　　무슨 그럴 리가 있소리까,
　　　　다 뜬 소문이죠
변학도 (좌중을 둘러 보며)

　　　　준민고택을 마자 해도
　　　　안할 수 없는 것이
　　　　근자에 전에 없던
　　　　별봉조차 그리 많고
　　　　궁교 빈족 걸패들이

꼬리를 물고 찾아 드니

여간해 가지고야
당해낼 장비 있나
순　창　과연 그러하외다

— 다른 수령들도 더러 고개를 끄덕인다.

변학도　(곡성을 돌아보며)

곡성은 그래 그간
몇백이나 벌어 놓으셨소?
곡　성　원 몇백이라니요……
변학도　허 허— 그래서야
모처럼 하양에를
나려 오신 보람이
어디 있단 말씀이요
곡　성　본관께 아무래도
묘리를 배워야겠소이다
변학도　허 허 허 묘리라니
별것이 있으리까마는……
운　봉　자— 객담은 그만하고
잔이나 드십시다
— 이때 우편으로서 어사 리몽룡이 페포 파립 걸인 행색으로 부적 부적 안으로
거침없이 들어 온다.

— 이를 보자 사령들, 깜짝 놀라 우루루 내달아 앞을 탁 막는다.

어　사 (떡 버티고 서서 큰 소리로)

　　아뢰여라 사령아
　　여쭈어라 통인아

　　먼데 있는 거러지가 대연 만나
　　술 한잔 안주 한점
　　얻어 먹고 가자이다

사령들 쉬—
　— 그대로 밖으로 밀어 내려 할 때,

　— 좌중의 운봉영장, 가만히 살펴 본즉, 비록 리몽룡의 행색은 초초하되, 페포 파립 중에 인물이 비범하다. 혼자 고개를 끄덕이며,

운　봉 (본관을 향하여)

　　비록 저분이
　　의복은 람루하나
　　량반일시 분명하니
　　말석에 앉히고
　　술잔이나 대접하여
　　보냄이 어떠하오
변학도 (마음에 못마땅하여)

　　거, 아무려나
　　운봉 소견대로 하오마는—

— 「마는」 소리, 장히 훗입맛이 사납것다. 어사 속으로, 「오냐. 도적질은 내가 하마. 오라는 네가 저라.」 …… 빙그레 웃으며 보고 있느냐니.

운 봉 이리 오너라—
통 인 예—
운 봉 네 저 량반 듭시래라.
통 인 예—
        (마루 끝에 나서며)
        쉬— 사령—
사령들 예—이.
어 사 안다 안다 운봉이 안다
        — 그대로 뚜벅뚜벅 대상으로 올라 가자, 장읍불배(長揖不拜) 하고 운봉 곁에가
        앉는다.

        — 통인 하나이 술상이랍시고 개다리 소반에다 긁어 먹던 갈빗대에 콩나물 한
        접시, 깍두기 한보시기 놓아다 주는데, 술은 모주가 한사발이라.

        — 어사, 남의 상 보고 내 상 보니 어찌 아니 패쌈하랴.

어 사 (부채 꼭지를 거꾸로 쥐고 운봉의 갈비를 콕 찌르며)
        여보 운봉—
운 봉 (깜짝 놀라)
        에구 웨 그러시오.
어 사 저 갈비 한 대 청합시다.
운 봉 허— 이 량반
        갈비를 달라 하면
        그냥 달라 할 것이지

　　　백죄 남의 생갈비를
　　　먹으려 한단 말이요

　　　이리 오너라—
통　인　예—
운　봉　저 갈비 내려다가
　　　이 량반 드려라
어　사　얻어 먹는 사람이
　　　남의 수고 빌 것 있소?
　　　내 손으로 갖다 먹지……
　　— 어사, 이리 저리 다니며 남의 상에서 진미만 다 내려 개다리 소반에다 갖다
놓고,

　　　흐, 흐, 좋다 좋아
　　　진합태산이라더니……
변학도　허— 이게 웬 일인고
　　　별 우스운 것을
　　　운봉은 청해다가
　　　파흥을 시키는고……
어　사　(부채 꼭지로 또 꾹 찌르며)
　　　여보 운봉—
운　봉　(또 깜짝 놀라)
　　　허— 또 웨 그러오? 이러다간 내 허구리에 바람 구멍 나겠다……
어　사　기생을 앞에 두고
　　　그냥 먹기 무맛이라

　　　저 기생 이리 불러

　　　　　　술 한잔 따르고

　　　　　　권주가 하나 하라시오

운　봉　여보아라—

　　　　　　네 이 량반께

　　　　　　권주가 하여라

기　생　(뾰루퉁 하여)

　　　　　　애고 맙시사—

　　　　　　기생 노릇을 하려니까

　　　　　　별 우순걸 다 보겠네

　　　　　　(어사 곁으로 와서)

　　　　　　여보 이 량반, 왜 불렀소?

어　사　오— 너 여기 앉아, 술 한잔 붓고 권주가 한마디 해라.

기　생　난 권주가 못하오.

운　봉　(호령하여)

　　　　　　허— 그년. 내가 시키는 터에 하라면 하는게 아니라……

기　생　(한풀이 꺾여서 상머리에 앉자, 술 한잔 가득 부어 손에 들고)

　　　　　　잡지그려 잡지그려

　　　　　　이 술 한잔 더 잡으면

　　　　　　천년이나 만년이나

　　　　　　이 모양으로 사오리다

어　사　(껄걸 웃고)

　　　　　　그거 새로난 권주가로구나. 명기로다……

　　　　　　(기생에게서 술잔을 받다가 짐짓 도포 앞자락에다 쏟고)

　　　　　　어뿔사— 이거 단벌옷을 다 버리는구나……

　　　— 자리에서 일어나자 도포 자락을 툭 툭 터니, 술 방울이 사면으로 튄다.

창극 춘향전　185

— 좌중이 크게 발동하여

옥 과 허— 이게 무슨 일인고
구 례 글쎄 이게 무슨 일이야
곡 성 거 운봉은 공연한걸 불러 들여……
순 창 이거 좌석이 요란해 못쓰겠군.

— 이때 변학도가 속으로 가만히 생각하되,
『저 놈이 량반의 자식은 분명하나, 젊은 애가 저리 버릇이 없을진대, 제 집안
난봉이요 필경 무식할 터이니 운짜를 내여 쫓으리라……』
주의를 정하고서,
변학도 (좌중을 둘러 보며)

자— 우리 좌정하여
글 한수 지은 후에
세잔 갱작 하사이다

말일에 글을 못지으면
큰 벌을 쓸 터이니
좌중이 다 그리 아오
옥 과 거 좋은 말씀이요
곡 성 좋은 말씀이외다
순 창 그럼 운짜는
본관이 내시지요
변학도 날더러 내라고?—
기름고, 높을고 하지

운 봉 기름고 높을고라
         이거 참 강운인데……
         내가 아마도
         봉변을 하나보다
      — 모두들 허 허 허 웃는다.

어 사 상좌에 말씀 올라 가오

         나도 부모님 덕에
         천자권이나 읽었으니
         지필을 빌리시면
         차운 하나 하오리다
운 봉 (반겨 듣고)
         좋은 말씀이요.— 이리 오너라.
통 인 예—
운 봉 네 이 량반께 필얼 갖다 올려라.
통 인 예—
순 창 (랭소하며)
         저 꼴에 글이라니……
운 봉 (정색하고)
         문무에 귀천 있소?
      — 통인 문방사우를 들어다가 어사 앞에 놓는다.

곡 성 (문득 생각난 듯 변학도를 돌아 보며)
         참 본관—
변학도 웨 그러시오?
곡 성 아까 무어 구경시킬게 있다고 하시더니……

변학도 구경?……
    (잠간 고개를 기웃하다가 즉시 허 허 웃고)
    예— 이제 차차 하십시다.
순 창 거 대체 무엇이오니까?
변학도 혹 소문을 들으셨을지 모르오마는—
    내게 발악하던 춘향이년 말이요.
순 창 춘향이?……
    — 어사, 붓을 잠간 멈추고 눈을 들어 변학도를 바라본다.

변학도 예—, 내 오늘 그년을 올려다가 아주 장하에 물고를 낼가 하오.

    어사, 다시 쓴다.

운 봉 (눈섭을 찡그리고)
    하필 생신날에…… 거 공연한 거조시오.

    — 어사 붓을 놓자 풍축을 자리 밑에 넣고 일어서며,

어 사 (변학도를 향하여)

    불청객이 자래하여
    주육을 포식하고 가니
    은혜 난망이요

    다시 보십시다
변학도 (마음에 시원하여)

　　　　　이 량반—
　　　　　평안히 가시오
　　　　　언제나 또 만날는지……
어　사　(댓돌 아래 내려 서며)

　　　　　남아 하처 불상봉이라니
　　　　　또 수이 만나겠죠
　　　— 그가 밖으로 나가지 본관 이하로 각읍 수령과 기생들까지 크게 웃는다.
　　　— 홀로 운봉이 웃지 않고, 자리 밑의 풍축을 꺼내 본다.
순　창　(운봉을 향하여)

　　　　　여보 운봉—
　　　　　거 뭐라고 그려 놨소
변학도　개발 게발 그렸겠지
곡　성　거 언문 풍월이나 아닌지 모르겠소
운　봉　언문 풍월이라니
　　　　　천만의 말씀이요
　　　　　필치만 하더라도
　　　　　비범한 솜씨외다
옥　과　(곁에 앉았다가 고개를 늘이여)

　　　　　비범한 솜씨라니 어디 좀 보십시다

　　　— 옥과와 운봉, 함께 보며, 운봉 읊는대로 옥과 새긴다.

운　봉　금준 미주 (金樽米酒)는
　　　　　천인혈(千人血)이요

옥   과 금 동이의 아름다운 술은 천 사람의 피요

운   봉 옥반 가효(玉盤佳肴)

　　　　　　만성고(萬姓高)라

옥   과 옥 반상의 좋은 안주는

　　　　　　만 백성의 기름이라

운   봉 촉루 락시(燭淚落時)

　　　　　　민루락(民淚落)이요

옥   과 촛불 눈물 떨어질 때

　　　　　　백성들의 눈물이 떨어지고

운   봉 가성 고처(歌聲 高處)

　　　　　　원성고(怨聲高)라

옥   과 노래 소리 높은 곳에

　　　　　　원망 소리 높더라

　　　ー 읊고 나자 운봉과 옥과, 창황망조하여 외관도 정제하지 못한 채로 신을 찾아

신는데

변학도 (취중에 세상이 어떻게 돌아가는 줄도 모르고)

　　　　　　허 허 그 주제에 뭐라고?……『가성고처 원성고』?……

　　　ー 그 사이에 운봉과 옥과, 신 신고 섬돌 아래 내려 서며,

운   봉 본관은 잘 노시오. 나는 유고하여 먼저 가오.

옥   과 나도 유고하여 먼저 가오.

변학도 (어리둥절하여)

　　　　　　아니 웨들 이러시오?

　　　ー 두 사람 대꾸 않고 허둥 지둥 밖으로 나가는데.

　　　ー 순창이 또 갈 차비 차리고 댓돌로 내려 선다.

변학도 (더욱 의아하여)
     순창은 웨 이러오?
순 창 대, 대, 대부인이 락태를 하셨다고 기별이 와서 가오.
변학도 아니 로형 대부인이 춘추가 얼마신데 락태를 하셨단 말이요.
순 창 금년에 여든아홉이요.
변학도 아 여든아홉에 락태를 하시다니……
순 창 아차, 그럼 락상이라고 해 둡시다.
     — 곡성 이하로 각읍 수령들, 뒤늦게야 낌새를 채고 분분히 자리에서 일어난다.

     — 변학도 도무지 까닭을 모를 일이라 이사람 쳐다보고 저사람 돌아보며,

변학도 아니 정말 웨들 이러시오?
곡 성 예. 미, 미진한 고, 공사가 있어 가오.
     — 그러나 미쳐 도망칠 사이 없이, 삼문 밖이 들끓으며,

소 리 암행 어사 출도야—
     — 서리 역졸 거동 보소. 외올망건 공단째기 새펴립 눌러 쓰고, 석자감발 새짚
     신에 한삼고의 산뜻 입고, 룩모방치 룩피끈을 손목에 걸어 쥐고, 예서 번 듯 제
     서 번 듯, 남원읍이 우근 우근, 청파 역졸 거동 보소. 달같은 마패를 햇빛 같이
     번 듯 들어,

소 리 암행 어사 출도야—
     — 웨는 소리. 강산이 무너지고 천지가 뒤눕는 듯, 초목 금순들 아니 떨랴. 남문
     에서,

소 리 출도야—
     — 북문에서,

소　리　출도야—
　　— 동서문 출도 소리, 청천에 진동하니,

　　　　좌수 별감 넋을 잃고,
　　　　리방 호장 실혼하고,
　　　　삼색 라졸 분주하고,
　　　　모든 수령 도망할제,
　　　　부서지느니 거문고요 깨지노니 북 장고라……
　　— 본관이 똥을 싸고, 멍석궁기 생쥐 눈 뜨듯 하고, 내아로 들어 가서,
『문 들어 온다, 바람 닫아라. 물 마르다, 목 드려라』……

《취타 소리》
　　— 三문 밖으로서 류량히 울리더니, 이윽고 어사 리몽룡, 전차 후옹하고 들어와
서 동헌에 좌기하고,

어　사　좌우 헌화 금하라—
　　— 눈치 있고 날랜 통인 망상에 뛰여 올라,

통　인　좌우 헌화 금하랍신다—
　　— 소리가 떨어지자 밖으로서 집사 들어 와, 어사 앞에 군례로 보이고

집　사　순령수—
순령수　예—이.
집　사　명금 삼하지하라—
순령수　예—이.
　　— 정수 들어 와서 명금 삼하에 취타소리 뚝 멎는다.

어 사 三공형 부르라—

통 인 급창— 三공형 들랍신다—

급 창 예— 三공형—

전 원 숙이라—

　　　— 좌편으로서 三공형이 설 설 기여 들어 온다.

급 창 三공형 대령이요—

어 사 三공형 듣거라. 부사 파직이니 각창 봉고하고, 즉일 문기 닦아 올리
　　　　라.

三공형 예—이.

어 사 옥중의 많은 죄수, 무고원수(無辜寃囚)뿐일지니 순순히 일러 백방
　　　　하고, 춘향일랑 칼을 벗겨 잡아 들이라.

三공형 예—이.

급 창 물리쳐라—

사령들 물리쳐라—

　　　— 三공형 청령하고, 다시 설 설 기여 나간다.

통 인 급창—, 춘향 빨리 잡아 들이랍신다—

급 창 (받아서)

　　　　춘향 빨리 잡아 들여라—

사령들 예—이.

　　　　— 이때에 남원읍 로소과부 떼를 지어 모여 들어 춘향을 살리려
　　　　고 어삿도께 등장을 들었는데, 인물도 어여쁘고 깨끗하게 늙은 부
　　　　인,

　　　　소복을 정히 하고 수태(羞態)띠인 젊은 과부,

　　　　비부(肥腐)가 풍영(豊盈)하고 장옷 쓴 저 부인,

얼굴도 동탕하고 키꼴도 장대하고 말 잘하는 부인이며,

청상과부 팔자되여 궁태로 생긴 부인,

백묘량전(白　良田) 밭매다가 호미 들고 오는 부인,

작반등산 뽕 따다가 모양없이 오는 부인……

— 수백명의 과부 동헌 뜰에 가득하니,

어　사　(과부를 향하여)

어이한 부인들인고. 소회 있거든 아뢰라.

급　창　아뢰여라—

과부들　수의삿도 어즌 처분

모든 죄인 백방키로

응당 렬녀 춘향이도

방송하실줄 믿었사온데

다시 잡아 들이시니

어이하신 처분임을

알고저 왔나니다

어　사　(위엄을 보이며)

춘향이는 창녀로서

관정 발악 하였으니

용대하지 못하리라—

— 과부들 그 말 듣자, 일시에 동할쩍에,

— 그 중에 늙은 과부 좌우를 헤치며 썩 나서는데, 나이는 일백일곱살이요 피부
가 윤택하고 이목이 명료하고 기운이 정정하니 심술 많고 욕 잘하고 꼿꼿하고
뗏손 있는 모질고 독한 부인, 체머리 흔들 흔들 눈썹이 꼿꼿 서서, 량미간을 찡

그리고 이를 오드득 갈며,

과부—   여보 어샷도
        이 처분이 웬 말이요

        수절 부녀 잡아다가
        수청 들지 않는다고
        형장 쳐서 하옥하는
        그 사람은 죄가 없고

        렬녀 춘향 관정 발악
        그게 그리 큰 죄인가
        어허 우수운 공사 다 보겠소
어 사 (마음에 좋아서 고개를 끄덕끄덕)

        사필귀정 할터이니
        부인들은 염려 말고
        다 각기 돌아 가라
과부들 어즈신 처분만
        엎드려 바랍내다
        — 이때에 춘향이 사령들에게 부축 받아 들어 온다.

급 창 춘향이 대령이요—
과부—   (다시 앞으로 나서며)
        여보 어샷도
        렬녀 춘향 백방하오
        아까 같이 공사했던

큰 봉변 당하리다
급　창　쉬—
어　사　춘향이 분부 듣거라—

　　　네 하양 천기로서
　　　관장 분부 거역하고
　　　관정 발악 하였으니
　　　그 죄 만번 죽어 마땅하다

　　　본관 수청은 거역하였거니와
　　　어사 수청은 어떠할꼬—
전　원　아뢰여라—
춘　향　(기가 막혀)

　　　초록은 동색이요
　　　가제는 게편이라
　　　내려 오는 관장마다
　　　개개이 명관이로구나

　　　층암 절벽 높은 바위
　　　바람 분다 무너지며
　　　청송 록죽 푸른 날이
　　　눈이 온다 변하리까

　　　그런 분부 마옵시고
　　　어서 빨리 죽여 주오
　　— 어사 말없이 고개만 끄덕 끄덕…; 품으로서 리별시에 받은 옥ㅈ환을 내여 통

인에게 주면서,

어 사 네 이것 갖다 춘향 주라.
통 인 예―
    ― 통인 지환을 받아 들고 계하로 내려가 춘향 손에 쥐여 준다.

    ― 춘향이 지환을 받아들고 드려다 보다가,

춘 향 오― 내 옥지환……
    ― 한마디 중얼거리고, 어인 영문을 몰라 할 때,

어 사 얼굴을 들어 대상을 보라
    ― 그 말에 춘향이, 무심히 고개 들어 대상을 바라보니, 수의삿도가 누구던고,
어제 저녁 옥에 왔던 랑군이 분명하다.
사람이 기막힌 일을 당하면 마음이 스스로 악하여지고, 좋고 반가운 일이 있으
면 자연 설음이 나것다.

    ― 춘향이 대상을 물끄럼히 쳐다 보며 구슬 같은 눈물이 두 눈으로 줄 줄 흘러
옷깃을 적시며 울음이 솟아나는데, 이 울음은 五장六부에서 나는 울음도 아니
요 六천마디 뼛속에서 나오는 울음도 아니요, 이는 꼭 쓸개에서 나오는 울음이
라. 아이 아이 아이 으으……; 그 자리에 폭 엎드리어 흐느낄 때,

    ― 어사 몸을 일어 뜰로 내려 와서 그의 어깨에 손을 얹고,

어 사 춘향아―

    ― 춘향이 마침내 울음을 터뜨리며,

춘 향 어찌 그리 무정하오—

      모지도다 모지도다
      서울 량반 모지도다

      어제 저녁 옥에 오셔
      내 정상을 보셨으니
      나더러만 말씀하고
      마음 놓고 있으라면

      지난 밤 그 간장은
      안녹이고 지냈을걸……
어 사 춘향아 진정해라
      위로할 말이 없다

      꽃다운 그 이름이
      고생 없이 못되나니
      만고의 충렬 사기
      넌들 짐작 없겠느냐

― 기생과 과부들 춘향이를 옹위하여 좌편으로 들어가고, 어사 다시 대상으로 올라갈 때,

― 우편으로서 향단이를 뒤딸리고 춘향모 들어온다.

월 매 도사령아 三문 잡아라
      어사 장모 들어 가신다

요새도 문깐이 이리 벗세냐?
몇놈이 죽으리라……

얼시구나 절시구
지화자 절시구
어제 저녁 걸인 사위
어사란 말 웬 말이냐

애고 내가 미친 년이지. 어제 저녁 우리 사위를 욕도 많이 하고
구박도 많이 하였더니…… 이 빌어먹을 년이 그 무슨 미친 짓이
냐?…… 광끼의 미친 말을 부디 섭섭히 생각 마오. 섭섭하면 장모
나를 어쩔텐가?―

북두 七성 자야반에
등불을 밝히고서
우리 사위 귀히 됨을
밤낮 축원하였더니

하느님이 감동하여
어샷도가 되었더라
― 이때 밖으로서 방자 뽈짝쇠가 뛰여 들어 와, 대상을 흘낏 쳐다 보고 계하에
엎드리여,

방 자 오작교 넘나 들며
       갖은 언설 중매한 죄

한양 천리 먼 먼 길에
편지 갖다 드린 죄로

운봉 옥중에 가두어 두신
방자놈 현신이요
어 사 (내려다보고 빙그레 웃으며)
오— 너 고생했다.
방 자 (그제는 야속한 생각이 벗석들어)
원 세상에 그럴 법도 있소오리까? 유공한 방자놈을 상급은 안주
시고 운봉 옥중에다 가두어 버리시니, 그래 소인이 무슨 죄요?
어 사 (다시 빙그레 웃으며)
이놈. 네가 원체 경망키로 천기를 루설할가 잠시 그리한 것일다.
방 자 (군중을 항하여)
운봉 옥중 三일 고생
강정 같이 고소한 고생
이 고생이 없거드면
렬녀 춘향 가는 목의
―천근 전목칼을
누가 있어 벗기리요

(덩실덩실 춤을 추며)

페포 파립 八도 거지
수의 삿도가 장관이요

거역관장 중죄인이
정렬부인이 장관이요

　　　　책방 방자 뽈짝쇠가
　　　　三문 좌기 어사 앞에
　　　　꼽사춤이 장관이로다

　　　　얼사 절사 얼사 절사……
— 이때 좌편으로서 기생과 과부들이 몸 단장 고히한 춘향을 전후 좌우로 옹위
하고 나온다.

— 춘향이 저의 모친을 보자 주루루 달려 들며,

춘　향　아이고 어머니—
월　매　오— 내 딸이야—
　　　　(춘향이를 덤썩 안으며)

　　　　진흙에 핀 련꽃처럼
　　　　어여쁜 내 딸 춘향
　　　　하고한 날 옥바라지
　　　　바람 치고 비 오는 날
　　　　가지 가지 겪은 고생
　　　　춘설 같이 다 녹는다
— 이때 향단이가 옆에 있다 나서면서,

향　단　아씨—
춘　향　오— 향단아—
— 둘이 덤썩 손을 잡고 서로 물끄럼히 바라보며 가슴이 벅차서 말들을 못한다.

— 기생들 다시 춘향을 옹위하여 대상으로 올려간다.

월　매 (그대로 계속하여)

　　　남원 로소 부인네들
　　　이 내 말을 들어 보소

　　　아들 낳기만 원치 말고
　　　딸만 많이 낳으시되

　　　한 탯줄에 네다섯씩
　　　쏙 쏙 내뜨리오

　　　이 궁둥이 두었다가
　　　논을 살가 밭을 살가
　　　이런데나 흔들어라

일　동 지화자 지화자
　　　— 대상에서는 어사 춘향이와 나란이 서서,

어　사 명사 십리 해당화 같이
　　　연연한 내 사랑
　　　된 서리 매운 바람
　　　어이 이겨 내단 말가

춘　향 옥중 원수(冤囚) 춘향이가
　　　거의 죽게 되올 쩍에
　　　객사에 봄이 드니
　　　리화 춘풍 반가워라

춘향과 리도령 (함께)

높고도 깊은 사랑
송죽 같이 굳은 절개

바다가 마르고
산이 다 닳도록
하늘이 이 맹세를
밝히여 주시리라
일　동　(받아서)

지화자 지화자
지화 지화 지화자

경사로다 우리 남원
천고의 영화로다

지화자 지화자
지화 지화 지화자

지리산이 수려하니
절대 가인 없을소냐

지화자 지화자
지화 지화 지화자

꽃다웁다 춘향 이름
천추 류전하리로다

지화자 지화자
지화 지화 지화자

─ 모두들 열광하여 춤추며 놀래할 때,

─ 막 ─

북한 희곡 창작방법

제 1 회 남전극작포럼

전통연희의 희곡적 수용 양상
— 판소리의 창극화 과정과 남·북한의 창극 〈춘향전〉을 중심으로

권 순 종

(구미1대학)

Ⅰ. 머리말

우리 나라 희곡사의 경우, 구비희곡에서 기록희곡으로의 전환은 쉽게 이루어질 수 없었다. 오랜 옛날부터 연극은 끊임없이 공연되었지만, 그 대본인 희곡은 문자로 정착되어 전해지지 않았다. 조선시대 연극인들인 광대들은 연극을 제작하여 무대에 올리기는 했어도 그 대본을 기록할 수 있는 문자를 소유하지 못했기 때문이다. 따라서, 희곡은 광대들의 기억 속에서만 보존되고 또 전해지는 수밖에 없었다.

조선 후기의 연극은 크게 탈놀이·꼭두각시놀음·판소리 등으로 나뉘어 전개되었다. 그러나 이 중에서 끊임없이 지속과 변화를 거듭하면서 새로운 창작 희곡으로까지 발전하는 데까지 나아간 것은 판소리였다. 19세기에 윤달선(尹達善)이 판소리 〈춘향가〉를 악부(樂府) 형식으로 개작한 〈광한루악부(廣寒樓樂府)〉는 대화창(對話唱) 형태로 기록됨으로써 소루하게나마 문자로 정착될 수 있었다. 그리고, 20세기에 들면서 판소리가 창극화의 길을 밟게 되면서 그 대본은 더 이상 광대의 기억에만 의존할 수 없게 되자 문자로 기록되기 시작했다. 따라서, 우리 나라 전통연희의 희곡적 수용 양상을 살피는 데 있어서 판소리의 창극화 과정을 검토하는 것은 무척 중요한 일이 아닐 수 없다.

창극(唱劇)은 1인창(一人唱)의 판소리가 1900년대에 들면서 배역에 따라 여러 사람이 무대에 등장하여 연기와 함께 소리를 하는 방식으로 변화된 공연 예술이다. 그리하여 우리 나라 근대극 운동은 자생적인 창극으로부터 비롯되었다는 평가를 받은 적도 있다.[1] 뿐만 아니라 창극은 '한국의 독창적인 공연양식'으로 인식되기도 했다.[2]

판소리의 창극화 운동은 1908년에 원각사에서 〈은세계(銀世界)〉를 공연함으로써 발전의 절정기에 이르렀으나, 곧바로 쇠퇴의 길로 접어들었다.[3] 그 이후, 창극은 20여 년의 침체기를 거쳐 1933년에 조선성악연구회(朝鮮聲樂研究會)가 발족되고 왕성한 활동을 전개함으로써 부흥기를 맞게 된다.

1945년에 조국이 독립되고 남북분단이 고착되어도 창극은 남과 북에서 끊임없이 재창작되고 공연되었다. 그리고, 그 중심에는 언제나 춘향전이 있었다.[4] 남한에서는 1962년에 국립창극단이 창단되어 창단 작품으로 〈춘향전〉을 공연했고, 북한에서도 국립민속예술극장의 첫 공연 작품이 1948년의 창극 〈춘향전〉이었다. 국립창극단에서 1998년에 6시간 짜리 완판 창극을 시도할 때에도 〈춘향전〉부터였고, 북한에서도 역시 〈피바다〉식 혁명가극의 형식적 특성을 갖춘 민족가극은 〈춘향전〉(1988)부터 시작

---

1) 유민영, 『우리 시대 연극 운동사』, 단국대학교 출판부, 1990, 168쪽 참조.
2) 백현미, 「국립창극단 공연을 통해 본 창극공연대본의 양상」, 『한국극예술연구』 제3집, 태동, 1993, 174쪽 참조.
3) 이 문제는 뒤에서 다시 상세하게 다룰 것이다.
4) 해방 전에 판소리가 창극화의 길을 걸을 때에도 가장 중요한 레퍼토리는 춘향전이었다.

한다.5)

　따라서, 이 글에서는 전통연희의 희곡적 수용을 고찰하기 위한 첫 작업으로 20세기에 들면서 일어난 판소리의 창극화 과정을 살펴보고자 한다. 그리고, 남북이 분단되고, 남쪽과 북쪽에 서로 다른 체제가 고착된 뒤 따로 나뉘어 전개된 창극의 양상을 춘향전을 중심으로 살펴보고자 한다. 남한의 창극 〈춘향전〉과 북한의 민족가극 〈춘향전〉은 서사적 구조를 지닌 판소리를 극적 구조로 개편하면서 불거지는 여러 가지 문제들을 해결하기 위해 오랜 시간 고민한 결과의 축적이기 때문이다. 그리고 이 공연에서 거둔 성과는 다른 작품의 공연에까지 그 영향을 미칠 수 있기 때문이다.

Ⅱ. 1900년대와 1930년대의 창극

1. 협률사(協律社) 건축과 판소리의 창극화(唱劇化)

　1900년대는 우리의 연극사나 희곡사에서 여러 가지 측면에서 주목받을 만한 시기였다. 18세기부터 발전을 거듭해 온 탈놀이와 판소리는 19세기 중엽에 이르러 발전의 절정기를 이루게 된다. 그리고 우리 나라 최초의 극장인 협률사(協律社) 건축과 더불어 공연 방식에서 변화의 조짐들이 나타나기 시작했고, 이후 우리의 연극사는 이러한 변화의 연장선상에서 이루어져 왔다.

　탈놀이와 판소리로 특징지을 수 있는 우리의 전통극은 무대와 객석의

---

5) 이영미 외, 남북한 음악극 춘향전의 비교 연구, 한국예술종합학교 한국예술연구소 엮음, 『남북한 공연예술의 대화』,(주) 시공사·시공아트, 2003, 107쪽 참조.

엄격한 구별이 필요하지 않은 연극이었다. 연극은 배우들만 하는 것이 아니고, 관객도 함께 참여할 수 있는 기회가 열려 있는 연극이었다, 이것은 '판'이라는 무대의 개방성과 밀접하게 관련되어 있다.

그러나, 1902년에 협률사가 건축되고, 그해 12월에 이 무대에서 〈소춘대유희(笑春臺遊戱)〉의 공연이 이루어진 것은 우리의 연극에서 무대와 객석의 분리 작업이 처음으로 시도된 획기적 사건이었다. 그리고 당시의 여러 자료를 두루 검토해 보면, 최초의 극장인 협률사는 우리의 전통연희의 공연에 적합하게 설계되고 건축된 것이 아니라, 서구식 극장이었다. 그리고 당대의 주요 공연이 이 극장을 중심으로 공연됨으로써 우리의 연극은 실외 공연에서 실내 공연에 적합한 형태로 변화되지 않을 수 없게 된 것이다.

1902년은 고종이 임금 자리에 오른 지 40년이 되는 해였다. 그래서 당시의 정부에서는 고종의 즉위 40주년을 경축한다는 명목으로 각국 원수와 주한 외국대사들을 대거 초청한 자리에서 성대한 잔치를 베풀어 독립국가로서의 국위를 드높여 보고자 했다. 그러나 당시의 우리 나라에는 이와 같이 큰 규모의 행사를 치르기에 적합한 건물이 없었다. 할 수 없이 고종의 즉위 40주년을 경축하기 위한 칭경예식(稱慶禮式) 장소를 급히 만들어야 했다.6) 이 건물과 내부 시설에 소요된 경비는 당시의 돈으로 4만 원이나 되었는데, 그 경비 전액은 국고에서 지출되었다. 우리 나라 최초의 신식 극장이자 국립극장 격인 협률사는 이런 과정을 통해 우리 국민들 앞에 그 모습을 드러내었다.

건물이 완성되자, 협률사는 곧바로 신문광고를 통해 대대적인 배우 모집에 착수했고, 170여 명이라는 대규모의 전속공연단을 구성했다. 이 공연단에 참여한 인물들은 김창환(金昌煥)을 주석으로, 송만갑(宋萬甲), 이동백(李東伯), 강용환(姜龍煥), 염덕준(廉德俊), 유공열(劉公烈), 허금파(許

---

6) 최남선, 『조선상식문답 속편』, 동명사, 1947, 344~345쪽 참조.

錦波), 강소향(姜小香) 등 전국의 명창들이었다. 공연단이 구성되자 이들은 곧바로 연습에 들어갔고, 단원들은 정부로부터 능력에 따라 일정한 출연료를 받았다.

그러나, 국가적인 규모로 기획된 칭경예식은 기울어지는 국운(國運)만큼이나 순조롭게 진행되지 못했다. 원래 칭경예식은 1902년 음력 9월 17일에 거행될 예정이었다. 준비가 한창 진행되던 중 그해 여름에 콜레라가 유행하여 행사는 이듬해 봄으로 연기되었고, 그해 봄에 영친왕이 천연두를 앓아 다시 가을로 연기되었다. 1903년 가을에는 전국적으로 흉년이 들어 잔치를 할 수 없게 되어 1904년으로 연기되었다가, 2월에 노일전쟁이 일어나 대규모의 예식이 어렵게 되자 명색만 갖춘 칭경예식으로 끝났다. 일이 이렇게 되니, 협률사 관계자들은 건물을 그대로 방치할 수 없어 슬그머니 일반 관객을 대상으로 영업적인 공연을 하기 시작했다.[7]

1900년대에 들어 판소리가 창극화의 길로 나아간 것은 바로 협률사와 같은 극장의 건축과 밀접하게 관련되어 있다. 창자(唱者)와 고수(鼓手) 두 명만으로 야외의 맨무대에서 공연되던 판소리가 실내 극장으로 옮겨져 공연되면서, 무대를 꾸미고 배역에 따라 여러 명의 배우가 함께 등장하는 공연 방식을 취하는 쪽으로 나아가게 된 것이다. 그리고 관객의 욕구도 점차 판소리에서의 광대의 고도로 숙련된 창(唱)과 너름새보다는 일정한 줄거리와 볼거리를 요구하는 쪽으로 변화한 것도 창극의 등장 요인으로 작용했다.

1903년 가을에 협률사 무대에서 창극 〈춘향전〉이 공연된 이래 협률사 배우들은 종래의 판소리를 창극으로 개편하여 무대에 올리기 시작했다.[8] 극중 인물로 등장하는 남녀 명창들이 배역에 따라 의상과 소품을 갖추고 연기를 하면서 소리를 하자, 협률사 공연은 단번에 장안의 화제가 되었

---

7) 이두현, 『한국신극사연구』, 서울대학교출판부, 1966, 13쪽.
8) 박 황, 『창극사연구』, 백록출판사, 1976, 40쪽 참조.

고 극장은 몰려든 관객으로 입추의 여지가 없었다. 판소리 공연에서는 단 한 사람의 명창을 볼 수 있었던 데 비해, 창극에서는 여러 명의 국창급의 연기와 소리를 한 무대에서 보고 들을 수 있었기 때문이었다.

관객의 후원에 크게 고무받은 협률사 배우들은 창극의 공연 방식을 다듬고, 새로운 레퍼토리 개발에 힘을 쏟기 시작했다. 강용환은 '김창환협률사'에 참여할 당시에 〈어사(御使)와 초동(樵童)〉을 창극으로 꾸며 공연했는데, 이 작품은 판소리 〈춘향가〉나 소설 〈춘향전〉의 간단한 에피소드를 연극성을 강조하는 방향으로 확장시킨 것이다.[9] 〈어사와 초동〉의 제작 공연을 통해 창작 창극의 공연 가능성을 확보한 이들은 순수한 창작 창극의 공연을 계획했다. 1908년에 원각사[10]에서 창작 창극 〈은세계(銀世界)〉가 공연된 것은 이 시기 창극운동에 참여한 연극인들의 결집된 힘의 결과였고, 이 공연으로 1900년대의 창극은 발전의 절정기를 맞이하게 된다.

그러나, 창극은 〈은세계〉 공연을 고비로 점차 쇠퇴의 길로 접어들게 된다. 물론 그렇게 된 가장 중요한 요인은 우리 연극에 대한 일제의 방해와 탄압이었다. 공연장이 폐쇄되자 남녀 명창들은 절망과 실의에 빠져 연고지를 찾아 뿔뿔이 흩어지게 되었다. 그리하여 이들은 서울에서의 무대를 잃어버린 채 일제의 탄압이 그래도 조금 느슨한 지방을 돌아다니며 모진 고난과 시련을 겪어야 했다. 그리고, 흔히 활동사진이라고 불리는

---

9) 김창환의 협률사는 1907년에 전라도 출신의 명인명창 50여 명으로 구성되었는데, 1910년까지 활동을 계속했다. 그러므로, 〈어사와 초동〉은 이 시기에 제작되어 공연되었던 것으로 추정된다. 이때 김창환 협률사에는 여류 명창이 없었기 때문에 〈춘향가〉를 제대로 공연할 수 없었다. 그래서 여창(女唱)의 등장 없이도 공연할 수 있는 작품이 필요하게 되었고, 강용환은 이러한 필요성에 따라 〈어사와 초동〉을 제작했다. 그리고, 이 작품의 공연은 창극이 종래의 판소리를 창극으로 꾸며서 공연한 데서 창작 창극의 공연으로 옮아간 과정을 보여주기도 한다.
10) 원각사는 협률사가 1906년에 폐지되었다가 1908년에 다시 문을 열 때 붙인 이름이다.

영화가 상연되고, 1910년대 이후 일본에서 들어온 신파극이 공연됨으로써 볼거리가 전에 없이 풍성해진 것도 창극 공연장의 관객을 감소시킨 요인이었다.11)

2. 조선성악연구회와 창극의 부흥

일제의 한국 강점과 더불어 쇠퇴의 길로 접어든 창극은 20여 년의 침묵기를 거쳐 1933년에 조선성악연구회(朝鮮聲樂硏究會)가 발족됨으로써 재기의 발판을 마련했다. 창극인의 단결만이 창극 발전을 도모할 수 있고 또 그것만이 사는 길임을 절실하게 깨달은 명창 정정열(丁貞烈)은 송만갑, 이동백, 김창룡 등 33명으로 조선성악연구회를 발족시켰다. 그리고 신진 명창들이 가세하기 시작하여 회원수가 130여 명에 이르러 1902년의 협률사 이래 최대 규모의 단체가 되었다.

이 연구회는 '창극의 정립과 후진 양성'을 목표로 활발한 활동을 전개했다. 그리고 1935년에는 경북 선산 출신의 여류 명창 박녹주의 주선으로 순천 출신의 독지가 김종익(金鐘翊)의 지원을 받아 서울 종로구 익선동 159번지에 커다란 한식 건물을 마련하여 연구회의 사무실로 썼다. 건물

---

11) 이때의 사정을 박 황은 다음과 같이 진술하고 있다.
　　"거기다가 1910년 이후 경향 각지에 극장이 속출하여 흥행의 막을 올리게 되었고, 1915년에서 1920년 사이에 흥행 기업이 정착함에 따라 지금까지 독무대였던 창극은 활동사진과 신파의 발전으로 그 뿌리부터 뒤흔들리게 되었다. 다시 말하면 이전까지는 창극밖에 없었기 때문에 남녀노소 할 것 없이 창극으로만 관객이 동원되었으나, 활동사진과 신파가 두각을 나타나게 되면서 관람객은 삼분의 일로 줄었다고 해야 할 것이다."(박 황, 앞의 책, 71~72쪽)
　　그러나, 창극의 쇠퇴는 정치적·연극적 상황의 변화에 능동적으로 대처하지 못한 창극계 내부에도 그 원인이 있었다. 안팎의 정황은 이처럼 급박하게 돌아가는데, 창극계에서는 새로운 시대에 걸맞는 작품을 개발하지 못하고 종전의 인기에만 집착하여 리메이크하는 수준을 크게 넘어서지 못했기 때문이다.

구조는 문간방, 사무실, 창악실(唱樂室), 기악실(器樂室), 육간 대청의 연습실, 두 개의 침실 등으로 되어 있었다.12)

1935년 봄에 연구회는 창극 〈춘향전〉을 창립 제1회 작품으로 동양극장의 무대에 올렸다. 작품 구성은 김용성(金龍成)13)이 맡았는데, 무대 조건을 완전하게 갖추고 〈춘향전〉 전편을 5시간에 걸쳐 공연하도록 기획되었다. 그리하여 낮 공연은 오전 10시에서 오후 3시까지, 밤 공연은 오후 7시부터 자정까지 계속되었다. 일주일 동안 주야로 공연된 창극 〈춘향전〉은 공연 방식의 새로움과 화려한 배역 덕택에 홍행에 크게 성공했다.14)

대중극 공연을 전문으로 하는 동양극장의 최신식 무대는 창극도 신파극이나 신극 못지않게 리얼리즘 기법을 무대에 도입할 수 있게 했다. 그리하여 종래에 무대 뒷벽에 백포장을 치거나 기껏해야 그림으로 장식했던 무대에서 이루어진 창극 공연에 익숙해 있던 관객들은 〈춘향전〉의 사실적인 무대에 압도되었다.15) 그리고 김용성이 개편한 대본도 종래의 창(唱) 중심에서 벗어나 대사를 많이 삽입하고, 그 대사도 시대감각에 맞도록 윤색함으로써 새로운 형태의 창극이 가능하도록 했다. 그리하여 이때 공연된 창극 〈춘향전〉은 요즈음 공연되는 창극의 모태가 되었다. 동양극장에서의 공연을 성공리에 마친 연구회는 전국의 주요 도시를 순회하면서 창극 〈춘향전〉의 인기를 확산시켰다. 그리고 그해 가을에는 〈심청전〉을 창극으로 꾸며 역시 동양극장의 무대에 올렸다.

〈춘향전〉과 〈심청전〉의 홍행 성공에 고무된 연구회는 창극 운동을 본

---

12) 이때 김종익이 사 준 집은 9,500원짜리였다고 박녹주는 회고했다.(「나의 이력서」⑲, 한국일보, 1974. 2. 1.)
13) 이때의 〈춘향전〉 개편에 대해 박 황은 김용성의 권유에 따라 정정열이 만들었다고 했고(『창극사연구』, 89쪽과 『판소리 二百年史』, 207쪽), 박녹주는 김용성이 만들었다고 했다(「나의 이력서」22, 한국일보, 1974. 2. 6).
14) 박 황, 앞의 책, 85~89쪽 참조.
15) 물론, 창극에서 무대 장치를 사용하기 시작한 것은 1910년대 중반부터였다. 그러나 그때는 배경막에 화폭을 걸고, 무대에 집을 꾸미는 정도에 불과했다.

격적으로 전개하기 위해 1936년 2월에 직속 창극단 '창극좌(唱劇座)'를 조직하고, 연기는 주로 중견 배우들이 담당했다. 이때부터 원로의 위치에 있던 송만갑, 이동백, 정정열 등은 연구회 사무실에 함께 기거하며 후배 양성과 고전의 창극화에 전념했다. 창극좌는 1936년 4월에 창립 제1회 공연작품으로 정정열이 개편한 〈흥보전〉을 동양극장의 무대에 올린 이래, 〈숙영낭자전〉(제2회), 〈별주부전〉(제3회), 〈배비장전〉(제4회), 〈옹고집전〉(제5회) 등을 제작하여 공연하였다.16)

조선성악연구회는 이처럼 해마다 한두 편의 창극을 제작하여 무대에 올렸으나, 1938년에 정정열이, 이어서 1939년에 송만갑이 타계하자 중심 인물을 잃은 창극 운동은 침체의 늪에 빠졌다. 그리고 1937년 중일전쟁 이후 국제 정세가 급박하게 변하고 내선일체(內鮮一體)와 황민화(皇民化)를 추진하는 일제의 정책에 의해 1940년에 해체되었다. 그리고, 화랑창극단(1939년), 동일창극단(1939년), 재건된 창극좌(1940) 등이 조직되어 공연 활동을 했으나, 조선성악연구회 시절의 수준이나 인기에는 미치지 못했다.

이와 같이, 조선성악연구회는 1900년대 판소리의 창극화 운동을 이어받으면서 대중 관객의 호응 속에 새로운 연극운동을 전개함으로써 해방 이후 지금까지 계속되고 있는 창극의 직접적인 모태가 되었다. 그러나, 조선성악연구회가 발족 당시에 내건 '창극의 정립'이란 목표에 걸맞게 독립된 연극 갈래로서의 연극적인 구조나 표현 방식, 원리를 확립하는 데까지는 나아가지 못했다. 그리하여, "판소리를 바탕으로 한 서양적인 연극의 서투른 흉내였고, 명창의 소리를 제외하고 나면 새로이 극적인 재미나 분위기를 즐길 만하게 빼어난 표현미를 이룩하지 못"17)했다는 가혹한 평가를 받기도 했다. 뿐만 아니라, 1908년에 원각사에서 공연된 〈은

---

16) 박 황, 앞의 책, 92~110쪽 참조.
17) 서연호, 『한국근대희곡사연구』, 고려대학교 민족문화연구소, 1982, 84쪽.

세계〉처럼 새로운 창작 창극의 개발에는 힘을 기울이지 않고, 전래되어 오는 고전극의 개편에만 몰두한 한계도 아울러 지녔다.

Ⅲ. 남한의 창극 〈춘향전〉과 북한의 민족가극 〈춘향전〉

1. 남한의 창극 〈춘향전〉

창극은 해방 이후 1950년대까지 국극(國劇)으로 불렸다. 주체적인 독립 국가의 전통성 있는 연극 양식임을 표나게 내세운 셈이다.[18] 그러나 실제 로 공연 성과는 이름값을 하기에는 부족했고, 해방 전 창극의 경향을 답습 한 정도에 불과했다. 1950년대 창극 공연의 특징 중의 하나는 여성국극의 번창이었다. 그리고 여성국극단들의 공연에서도 춘향전은 가장 중요한 레 퍼토리였다. 1946년 국극사가 창립기념 공연으로 〈대춘향전〉(박진 연출)을, 1948년 박녹주가 주도한 여성국악동호회가 창극 〈옥중화〉(김아부 각색)를 공연했다.

국립국극단(현재의 국립창극단)은 1962년에 정부의 주도로 전통문화유 산의 보호와 육성을 위해 만들어졌다. 국립창극단은 2002년 9월까지 총 105회의 정기공연을 했고, 이 중 춘향전 공연은 총 16회였다.[19] 백현미[20] 가 정리한 국립창극단의 창극 춘향전의 공연사는 아래 표와 같다.

---

18) 백현미, 「한국 창극의 역사와 민족극적 특성」, 한국고전희곡학회, 『고전희곡 연구』제3집, 2001, 200쪽.
19) 이영미 외, 앞의 글, 110~110쪽 참조.
20) 백현미, 「창극 〈춘향전〉의 공연사와 양식상의 특징」, 한국고전희곡학회, 『고 전희곡연구』제6집, 2003, 231쪽.

	극본/각색	연 출	일 자	비 고
1회 춘향전(25장)	박 황 각색	김연수	1962. 3.22~	명동극장
15회 춘향가(20마당)	창극정립위원회 편극	박 진	1970. 9. 15~20	명동극장
16회 춘향전(1부 6장, 2부 8장)	창극정립위원회 편극	이진순	1971. 9. 29~10. 4	명동극장
24회 춘향전(4막 21장)	이원경 각색	이원경	1976. 4. 15~17	국립극장(대)
32회 대춘향(5막 10장)	이원경 각색	이원경	1980. 4. 9~13	국립극장(대)
35회 춘향전(14장)	허 규 각색	허 규	1981. 9.8~14	국립극장(소)
38회 춘향전(완판창극)	원본정리위원회	허 규	1982. 11. 2~13	국립극장(소)
58회 춘향전(14장)	허 규 각색	허 규	1987. 5. 7~14	국립극장(대)
60회(재) 춘향전(14장)	허 규 각색	허 규	1987. 12. 11~13	국립극장(대)
65회(재) 춘향전(14장)	허 규 각색	허 규	1988. 9. 18~21	국립극장(대)
66회(재) 춘향전(14장)	허 규 각색	허 규	1988. 11. 12	
80회 춘향가(2막 11장)	강한영 각색	김홍승	1993. 2. 25~3. 6	국립극장(대)
89회 대춘향전(7막 11장)	전 황 구성	정일성	1996. 5. 3~8	국립극장(대)
93회 열녀춘향(2부 17장)	전 황 구성	박병도	1997. 9.9~14	국립극장(소)
95회 춘향전(2막 31경)	김명곤 대본	임진택	1998. 2. 14~26	국립극장(대)
105회 성춘향(10장)	김아라 극본	김아라	2002. 5. 3~12	국립극장(대)

　위의 공연사를 보면 창극 춘향전 제작에 참여했던 인물들의 특징이 드러난다. 국립창극단의 창단 때부터 1970년까지는 김연수, 박황 등 판소리계 인물과 박진 등 일제시대에 활동했던 대중적인 연극인들이 함께 만들었다. 그리고, 1970년대에 이르러 연출가로 신극을 배운 이원경, 이진순 등이 창극 춘향전의 연출가로 참여했다. 또, 1980년대에 이르면 민속극의 현대적 계승에 앞장선 연출가인 허규가 연출을 주도했다. 나아가 90년대 이후에는 연극인이면서 판소리를 직접 배운 임진택, 김명곤 등이 각색과

연출에 참여하게 된다. 결국, 시대의 변화에 따라 창극 춘향전 제작에 간여한 인물에도 중대한 변화가 일어났는데, 그 중의 가장 두드러진 특징은 1980년대 이후부터는 허규, 임진택, 김명곤 등과 같이 마당극 운동에 참여했거나 전통의 현대화 작업에 깊이 간여했던 비교적 진보적 인물들이 창극 춘향전 제작에 참여했다는 사실이다.

공연된 창극의 완판 여부는 창극 대본 구성에 매우 중요한 영향을 미친다. 6시간 정도 걸려서 공연되던 판소리 춘향가를 1시간 반 또는 두 시간 정도의 공연으로 축약하게 되면 판소리 공연에서 볼 수 있었던 다양한 더늠과 창, 아니리 등은 생략될 수밖에 없고, 사건의 줄거리를 전달하기에 급급하게 된다. 이에 비해 5, 6시간에 걸친 공연에서는 장면도 다양하게 구성될 수 있고, 판소리의 다양한 요소들을 창극이란 형식 속에 수용할 수 있게 된다.

일찍이 조선성악연구회가 1936년에 공연한 춘향전이 5시간이었고, 국립창극단의 16회 공연(1971년)은 전편과 후편으로 나누어 이틀에 공연했다. 그리고, 창극정립위원회가 대본을 정리한 38회 공연(1982년)도 5시간에 걸쳐 공연되었고, 95회 공연(1988년)은 휴식시간을 포함해서 6시간 공연되었으며, 105회 공연(2002년)도 5시간에 걸쳐 공연되었다.

또, 전해져 오는 판소리 사설 중에서 어느 것을 토대로 하느냐에 따라 창극 대본의 구성이 달라지게 된다. 판소리 사설에 따라서 등장인물의 성격, 신분 등이 크게 차이가 나기 때문이다. 뿐만 아니라, 도창의 존재 설정 여부도 창극 대본의 구성에 중요한 영향을 미친다. 도창의 설정 여부에 따라 시·공간의 이동이나 사건의 전개 방식에 차이가 나기 때문이다.

이 글에서는 공연된 창극의 이러한 특징이 명징하게 드러나는 두 편의 공연을 비교하면서 살펴보고자 한다. 그것은 바로 1988년에 허규가 각색과 연출을 맡은 65회 공연 〈춘향전〉과 1998년의 김명곤 각색·임진택 연출의 95회 공연 〈춘향전〉이다.

허규는 1970년대부터 민예극장 대표를 맡아오면서 전통의 현대화를 위해 노력해 왔으며, 마당극을 하나의 연극 형태로 정립하는 데 중요한 역할을 담당한 연극인이다. 그는 1980년 국립극장장에 취임한 뒤 국립창극단의 〈춘향전〉을 여섯 번이나 연출함으로써 1980년대 국립창극단에서 공연한 〈춘향전〉의 대표적인 연출자로 인식되었다. 그리고 그가 연출한 65회 공연 〈춘향전〉은 6시간에 걸쳐 판소리 춘향가를 충실히 창극으로 옮긴 완판 창극이다. 또, 김명곤과 임진택은 판소리 명창으로부터 판소리를 직접 배웠으며, 마당극의 창작뿐만 아니라 연출과 연기를 고루 소화해 낼 수 있는 인물들이다.

도창의 존재는 창극의 공연에서 오래 전부터 논쟁거리였다. 도창은 연극성을 해친다고 하여 거부되기도 했고, 판소리의 중요 소리대목을 창극에 살려내는 장치라는 이유로 옹호되기도 했다.[21] 그런데, 허규 연출의 〈춘향전〉 공연에서는 도창을 적극적으로 활용했다는 점이 두드러진다. 작품의 처음부터 도창의 등장으로 시작하고, 장면과 장면 사이나 필요한 부분에 도창을 적극적으로 활용했다. 그리하여, 이 작품은 서사적인 흐름을 지닌 판소리를 극으로 각색함으로써 생기는 허점을 메우는 데에 도창을 적절하게 활용했다는 평가를 받았다.[22]

> 〔가〕 이도령 : 네 말 듣고 보니 광한루가 제일 좋겠구나. 광한루로 구경 가
> 　　　　자.
> 　　방자 : 예이
> 　　　　(두 사람 왼쪽 누마루 쪽으로 발걸음을 옮긴다.)
> 　　도창 : 방자 분부 듣고 나귀청으로 들어가 서산나귀 솔질하여 가진 안
> 　　　　장을 짓는다. (중략) 서부령 섭적거려 광한루 당도하여 도련님이

---

21) 백현미, 앞의 글, 234쪽 참조.
22) 이영미 외, 앞의 글, 175쪽 참조.

광한루 올라 사면경계를 바라볼 제, (도창 소리하는 동안 이도령
은 누마루에 올라 있고, 방자는 마루 아래 서 있다.)

[나] 이도령 : (중략) 잔말 말고 불러 오너라.
    방자 : 예이-. (춘향 있는 곳으로 건너간다.)
    도창 : 방자 분부 듣고 춘향 부르러 건너간다. 건거러지고 맵시 있고
           태도 고운 저 방자 새 수 없고 팔랑거리고 한발 여기 놓고 또 한
           발 저기 놓고 중충중충거리고 건너간다. 춘향 추천하는 앞에 바
           드드득 들어가 춘향을 부르되-.
    방자 : 아나, 옛다 춘향아-(하략)

〔가〕는 춘향전 서두 부분의 나귀 안장 짖는 대목이다. 나귀 안장의 치
장을 길게 나열하여 묘사해야 하는 이 대목은 두드러진 행동이나 갈등이
없고, 인물 사이에 주고받는 대사도 없어 무대화하기에 적합하지 않은
장면이다. 그러나 이러한 장면을 도창으로 처리함으로써 시·공간의 이
동이 쉽게 이루어질 뿐만 아니라, 도창의 숙련된 판소리를 들을 수 있는
기회도 된다.

〔나〕는 이몽룡의 분부를 받은 방자가 광한루에서 그네 있는 곳으로 옮
겨가는 장면이다. 방자가 무대를 가로질러 춘향이 있는 곳까지 걸어가는
것은 자칫 단조로운 행동일 수 있다. 그러나 여기에서도 도창이 방자의
걸음걸이를 소리로 묘사함으로써 단조로운 무대에 변화를 이끌어내었다.

이에 비해, 김명곤 각색, 임진택 연출의 95회 공연 〈춘향전〉에서는 도
창의 존재를 없앴다는 특징을 지니고 있다. 그리고, 광한루와 그네터, 책
방, 부용당, 오리정 등을 무대에 꾸며 판소리가 그리고 있는 구체적인 장
면들을 시각화하려고 했다.

나는 이번 창극에서 서사자 1인의 도창 방식을 사용하지 않기로 원칙
을 정하기로 하였습니다. 왜냐하면 무대 한쪽 편에서 따로 도창을 하는

것은 자칫 무대에서 벌어지는 극의 긴장감을 떨어뜨릴 우려가 있기 때문
입니다. 대신 나는 도창을 극중인물의 몫으로 갖고 오기로 했습니다. 다
시 말해 극중인물 중 사건의 목격자로 하여금 도창을 담당하게 하는 방법
입니다. 한편 신연맞이나 과거장 같은 장면에서는 사건의 당사자인 극중
인물 자신이 집단적인 합창으로 서사를 담당하도록 하였습니다. 그런가
하면 극중인물과는 별도의 도창단이 무대 밖에서 방창을 하게 하여 판소
리의 서사성을 최대한 음악적으로 살려낼 수 있도록 시도하였습니다. 그
리고 도창으로 일일이 처리될 수 없는 짧은 서사대목들은 관현악과 타악
으로 대체하여 소리길의 일관성이 유지될 수 있게끔 배려하였습니다.[23]

이는 연출가 임진택이 공연 프로그램에서 밝힌 '연출의 변'이다. 도창
의 존재를 무대 위에서 제거해 버리면 판소리에서의 서술자가 담당했던
많은 양의 묘사나 설명이 극중 인물의 몫으로 돌아가게 된다. 그리고, 이
공연에서 또 하나 두드러진 점은 극중 인물과는 관계없이 별도의 도창단
을 설정하여 판소리의 서사성을 최대한 음악적으로 살려내려고 했다는
점이다. 연출가가 말한 도창단이란 무대 밖의 합창단일 터인데 연출가는
이를 북한식 용어로 '방창'[24]이라고 했다. 예를 들면, 이몽룡이 한양으로
떠나간 뒤 춘향이가 애통해 하는 대목은 이 사건을 목격한 동네처녀들이
함께 도창을 담당하도록 설정하고, 변학도가 부임하는 신연맞이나 이몽
룡이 과거를 치러 장원급제하는 장면에서는 사건의 당사자인 극중 인물

---

23) 임진택, 「작품을 이렇게 풀어 보았습니다」, 완판장막창극 〈춘향전〉 공연프로
   그램, 중앙국립극장, 1998.
24) '방창'이란 "무대적 및 영화적 형상 창조에 이용되는 성악 형식. 우리 나라에
   고유한 음악형식으로서 종래에는 등장인물의 행동, 노래, 대화로 해결할 수
   없는 정황 묘사를 비롯한 객관적 서술 부분을 담당하였다. (중략) 가극에서 방
   창은 또한 작중인물들간의 교감을 지어 주기도 하며 극에 반영된 사회력사적
   환경과 극인물의 생활체험, 경력 등을 서사적으로 설명하기도 한다. 방창은
   주인공의 노래, 등장인물들의 행동, 관현악과 결합되어 음악적으로 한 개 장
   면의 중심을 담당하거나 장과 장을 연결시키는 등 극을 발전시키며 작품의
   형상성을 높이는 데서 다양한 역할을 수행한다.(서연호·이강렬, 『북한의 공연
   예술 I』, 고려원, 1990, 251~252쪽)

들(나졸들이나 응시생들) 자신이 집단적인 합창으로 서사를 담당하게 하는 것이다. 그런가 하면 어사출도 같은 대목에서는 극중 인물과는 별도의 도창단(남원 주민들)이 무대 밖에서 방창을 하도록 했다.[25]

판소리 춘향가에서는 이본에 따라 춘향의 성격이 크게 차이가 나지만, 창극에서의 춘향은 대체로 요조숙녀형의 인물이다. 허규 연출의 〈춘향전〉에서의 춘향도 요조숙녀형의 기품을 지니고 있는 것으로 그려진다. 그러나 소극적이고 내성적인 성격의 소유자가 아니라 작품의 서두부터 무척 활달한 성격을 지닌 인물로 그려진다. 그리하여, 춘향과 이몽룡의 대결, 중반 이후 변학도와 목숨을 건 대결이 가능하게 했다.

〔가〕 이도령 : (일어서 나가려는 춘향의 손을 부여잡고) 예 앉거라, 예 앉거라, 속 모른다, 말 말아라. 말을 하면 울겠기로 참고 참았는데 너 하는 거동을 보니 말 아니할 수 없구나.
춘향 : 속 모르면 말 말라니, 그 속이 잠 속이오 꿈 속이오. 말을 하오 답답하여 못 살겠소.
이도령 : 사또께서 동부승지 당상하여 내직으로 올라가시게 되었단다. 그리하여 나는 내일 내행 모시고 한양으로 올라가가 하시니 이 일을 어찌하면 좋단 말이냐?
춘향 : 도령님 댁에 경사 났소그려. 내 평생 소원이더니 이제 한양 가겠구나. 그런데 도련님은 왜 우시오? 저더러 가자하면 안 따라 갈까 하여 미리 방패막이로 우시는구려. 여필종부라니 천리라도 따라가고 만리라도 따라가지요.
이도령 : 아이고, 저 말이 사람 많이 상할 말이로구나. 너를 다려가게 되었으면 내가 이리 하겠느냐?

〔나〕 춘향 : 아이고 도령인 날 볼 날이 몇 날이며 날 볼 밤이 몇 밤이오. 도령님은 올라가면 명문 귀족 재상가에 요조숙녀 정실 얻고, 소년 급제 입신양명 청운에 높이 올라, 주야호강 지내실 제 천리 남원

---

25) 임진택, 앞의 글 참조.

천첩이야 요만큼이나 생각을 하리. 아이고 내 신세야 , 내 팔자
야.

〔다〕 춘향 : 아이고 도령님, 여보 도령님. 날 다려가오. 쌍교도 나는 싫고 독
교도 나는 싫소. 도령님 이제 가면 언제 와요. 금강산 상상봉이
평지가 되거든 오실라요. 동서남북 넓은 바다 육지가 되거든 오
실라요. 인제 가면 언제 와요. 오마는 날이나 일러주오.

〔가〕는 이몽룡이 춘향에게 이별을 알리고자 하는 대목이다. 춘향은 다
가오는 운명에 다소곳이 따르기만 하는 여성이 아니라 매우 적극적인 인
물이다. 할 말을 하지 못해 미적거리는 이몽룡을 채근하며, 서울로 따라
가겠다는 의지를 분명하게 밝힌다. 그리고, 〔나〕에서 드디어 이몽룡이 자
기를 버리고 떠날 수밖에 없는 상황을 확인하고는 거의 발악적인 앙탈을
늘어놓는다. 그러면서 〔다〕에 이르러서 춘향은 새로운 전략을 구사한다.
자기가 이몽룡을 따라가고자 하는 것은 부귀영화를 누리기 위함이 아니
라 사랑 때문임을 재차 이몽룡에게 각인시키는 것이다. 그리하여, 춘향은
마침내 이몽룡으로부터 과거에 급제한 뒤 데리러 오겠다는 약속을 받아
내며, 그 신표로 거울을 받아낸다. 이처럼 춘향은 소극적인 요조숙녀에
머물지 않고 사랑을 쟁취하기 위해 수단과 방법을 가리지 않는 적극적인
여성이므로 이몽룡과의 대결에서 승리할 수 있었고, 나아가 변학도와의
대결에서도 목숨을 건 항쟁을 전개할 수 있는 바탕이 마련된 것이다.
이처럼 춘향의 적극적이고 진취적인 성격을 형상화하기 위해 연출가
허규는 마지막 부분인 암행어사 출도장면 뒤에 이도령이 춘향의 절개를
시험하는 종래의 극 전개 방법을 바꾸어 춘향이로 하여금 사또에게 재차
수청을 거절하게 함으로써 춘향의 이미지를 더욱 부각시키려 했고, 춘향
과 이도령의 사랑의 승리를 구가하는 뜻에서 마지막 합창을 사랑가로 대
치하기도   했다.26)

　　김명곤 각색, 임진택 연출의 95회 공연 〈춘향전〉에서의 춘향의 성격 역시 허규의 〈춘향전〉과 크게 다르지 않다. 김명곤은 춘향전을 각색할 때 춘향의 성격 설정에서 예의와 정절을 지닌 여성으로서 일관성 있게 표현하기 위해 광한루에서 이도령이 부를 때 바로 정자로 올라가 이도령과 대화를 나누는 창본이나 이도령이 찾아왔을 때 어머니 몰래 먼저 정을 통하는 창본 등은 부자연스러워 선택하지 않았다고 했다.[27]

2. 북한의 민족가극 〈춘향전〉

　　북한의 공연 연보를 보면 창극 춘향전이 처음으로 공연된 것은 1948년이다. 그러나 이때의 공연 기록은 찾아볼 수 없고, 한국전쟁 중인 1950년 11월에 춘향전을 공연해서 찬사를 받았다는 기록이 있다.[28] 그리고 창극 〈춘향전〉은 1954년 12월에 조운과 박태원에 의해 크게 수정되어 공연되었는데, 이 작품에서부터 창극 춘향전은 판소리의 틀을 벗어나려는 시도를 시작했다는 평가를 받았다.[29]

　　1960년대에 들면서부터 서도민요의 창법이 창극에 도입되기 시작했다. 이것은 북한의 문예정책이 일반 대중들도 창작의 주체가 되어 쉽게 즐길

---

26) 허규, 공연 프로그램 참조.
27) 김명곤, 공연 프로그램, 대본 작가의 말 참조.
28) "1950년(一九五〇) 11월(一一)월에 열린 력사적인 조선 로동당 중앙 위원회 제3(三)차 전원 회의에서의 정남희, 안기옥, 림소향, 공기남 등에 의한 〈춘향전〉 중에서의 '어사와 월매의 상봉' 장면과 기타 기악곡의 연주는 분에 넘치는 찬사를 받았다."(한응만, 「국립 민족 예술 극장 연혁」, 『해방후조선음악』, 평양 : 조선작곡가동맹출판사, 1956, 172쪽.)
29) 그 구체적 성과들로서는 1) 종래의 창극에서 비속화하는 경향들을 시정한 점, 2) 지명·인명 등을 우리말로 고친 것과 되도록 한문을 적게 쓰는 방향으로 노력한 점, 3) 작곡에서도 판소리에 기초하면서 음악적 형상의 통일을 방해하는 결함들을 제거하기 위하여 되도록 아니리 또는 소리로 부르게 한 점, 4) 30여 명으로 구성된 민족 관현악 반주를 도입한 점 등이다.(이영미 외, 앞의 글, 133쪽 참조)

수 있는 예술작품의 창작을 추구한 것과 관련이 깊다. 판소리를 부르기 위해서는 오랜 기간의 전문적인 수련이 필요하지만, 민요는 일상생활 속에서 누구나 쉽게 부를 수 있기 때문이다. 또 창극에 서도민요가 도입된 것은 그 소리가 기반하고 있는 지역과도 깊은 관련이 있었을 성싶다. 즉, 판소리는 남한의 호남지방을 중심으로 한 남도소리를 바탕으로 하고 있지만, 북한 지역에서는 서도소리가 대중에게 인기가 있었기 때문이다. 그 결과 1964년에 조령출 작, 리면상·신영철 작곡, 김영희 연출의 창극 〈춘향전〉이 창작되어 공연되었다. 1954년의 창극 〈춘향전〉이 판소리 춘향가의 내용을 창극의 형식에 맞게 각색한 수준이었다면, 이때의 〈춘향전〉은 사회주의적 사실주의의 미학 개념에 맞게 대폭 수정된 것이다.30) 당시이 작품에 대한 평가를 살펴보면 다음과 같다.

> 창극 〈춘향전〉을 현대화하는 사업은 등장인물들의 성격에서 비본질적이며 흥미본위 주의적인 요소들을 제거하고 사실주의적인 요소들, 특히 봉건제도의 사회계급적 모순으로 빚어지는 인물들의 심리세계를 깊이 있고 진실하게 파고들며 작품의 진보적인 사상과 인민성을 살리는 한편 가사에서 한문투를 없애고 고유한 조선어로 바꾸는 방향에서 진행되었다. 또한 창극에서 고질화된 쐑소리를 없애고 밝고 아름다운 목소리를 내며 남녀성부를 구분하는 문제를 완전히 해결하고 낡은 판소리음악을 민요를 비롯한 가장 보편화되고 인민적인 기초를 가진 음악으로 전환시키며 개량악기에 의거하여 민족관현악의 표현기능과 역할을 높이었다. 그리하여 〈춘향전〉은 민족가극으로 완성하게 되었다.31)

1970년대에 들어 북한의 예술계는 중대한 변화의 계기를 맞게 된다. 각종 극장이 재편되고, 혁명가극이 만들어지기 시작한 것이다. 1988년에 평양예술단에 의해 민족가극 〈춘향전〉이 공연되었는데, 이 작품은 '〈피

---

30) 이영미 외, 앞의 글, 140쪽 참조.
31) 리하림 외, 『해방후 조선음악』, 평양 : 문예출판사, 1979, 283쪽.

바다〉식 혁명가극의 창작 원칙에 기초하여 만들어졌다.

혁명가극 〈피바다〉는 북한이 자랑하는 '우리식' 가극의 본보기인 5대 혁명가극[32] 중 가장 먼저 만들어졌을 뿐만 아니라, 북한의 혁명가극을 대표하고 있다. 〈피바다〉는 그 이후 '〈피바다〉식 가극'이라는 형식을 낳았으며, 모든 공연예술의 본보기가 되었다.

이처럼 춘향전은 남한에 못지않게 북한에서도 끊임없이 지속과 변화를 거듭하며 창작되어 공연되었고, 관객들의 사랑을 받아왔다. 북한이 판소리를 소박하게 창극 형식으로 꾸민 것에서부터 민족가극 〈춘향전〉으로까지 발전시킨 까닭은 다음의 몇 가지로 간추려 생각해 볼 수 있다.

첫째, 북한에서는 공연예술을 비롯한 모든 예술분야에서 '민족적 특성'을 매우 중시해 왔다. 그래서, 전통 유산에서 현대에 계승할 소재를 찾아내어 다양하고 풍부한 예술적 형식을 통하여 무대화하는 작업을 추구해 왔다. 물론 '혁명가극'이나 '혁명연극'이 가장 우선 순위를 차지하지만, 오랫동안 대중의 사랑을 받아온 '춘향 이야기'를 민족적 전통의 계승과 새로운 공연 방식의 도입을 통해 재창조하는 작업도 매우 중요하게 인식되었다. 판소리를 창극으로 개편하고, 서도민요를 삽입하며, 나아가 〈피바다〉식 민족가극 〈춘향전〉으로 발전시킨 소이가 여기에 있다고 할 것이다. 북한에서 이에 대한 논의는 수없이 많이 있었지만, 김정일이 『무용예술론』에서 밝힌 것이 가장 대표적이다.

> 민족적 형식은 내용을 예술적으로 훌륭히 나타내고 사람들에게 가장 효과적으로 전달한다. 민족적 형식이 내용을 예술적으로 잘 표현하고 사람들에게 가장 효과적으로 전달하게 되는 것은 거기에 민족적 특성이 반영되는 것과 관련된다. 사람들은 민족국가 단위로 하여 생활함으로써 자기의 고유한 민족적 특성을 가진다. 민족적 특성은 주로 사상감정과 정서,

---

32) 5대 혁명가극이란 〈피바다〉(1971)를 비롯하여 〈당의 참된 딸〉(1971), 〈밀림아 이야기하라〉(1972), 〈꽃파는 처녀〉(1972), 〈금강산의 노래〉(1973)를 일컫는다.

관습과 취미에서 나타난다. 사람들은 민족적인 사상감정과 정서, 관습과 취미에 맞는 것을 쉽게 리해하고 받아들인다.[33]

둘째, 기생의 딸 춘향과 양반의 아들 이몽룡의 사랑을 기본 모티프로 하는 춘향전은 북한이 추구하는, 봉건사회의 신분제도를 타파하고, 빈부귀천의 문제를 대중들에게 각인시키기에 가장 적합한 작품이었을 것이다. 북한에서는 춘향전을 존비귀천이 정해져 있는 봉건제의 문제점을 폭로하고 봉건사회의 부패한 현실에 대한 상민의 저항을 다룬 작품으로 해석되고 있다.[34] 그리하여, 김정일이 민족가극 〈춘향전〉의 창작 방향을 직접 제시하기에 이른다.

> 친애하는 지도자동지께서는 민족가극 〈춘향전〉의 기본사상은 당시 신분적으로 천한 기생의 딸과 량반의 자식이 같이 살수 없다는 봉건적인 신분제도의 반동성을 보여주며 기본핵을 빈부귀천에 관한 문제에 두어야 한다고 가르쳐 주시였다.
>
> 참으로 봉건사회에서 빚어지는 모든 사회악의 근원인 빈부귀천에 관한 문제를 작품의 기본핵으로 삼고 그것을 현대적 미감에 맞게 의의 깊게 형상해냄으로써 기념비적 걸작으로 완성해야 한다는 친애하는 지도자 김정일동지의 귀중한 가르치심은 창작가들이 주체적 문예사상에 기초한 혁신적안 목으로 고전문학작품을 대하고 작품의 기본핵에 맞게 형상의 아름다운 꽃을 훌륭히 피워낼 수 있게 한 강령적지침이였다.[35]

셋째, 시대 변화와 남북문화교류에 대처하기 위한 방편일 수 있다. 1980년대 이후 구 소련의 붕괴와 동구 사회주의 국가들의 몰락, 그리고

---

33) 김정일, 『무용예술론』, 평양 : 조선로동당출판사, 1992, 34쪽.
34) 이영미 외, 앞의 글, 278쪽 참조.
35) 서종운·리호인·리종실, 「민족가극 〈춘향전〉 종합총보를 출판하면서」, 『민족가극 〈춘향전〉 종합총보』, 문예출판사, 1991, 1쪽.

냉전체제의 변화에 따라 남한과 북한은 이제 더 이상 빗장을 걸어잠근 채 버틸 수 없게 되었다. 이미 1985년 9월에는 분단 이후 처음으로 서울과 평양에서 남북 예술단의 교환공연이 있었다. 이러한 행사를 통해 남북한의 예술인들은 서로의 차이를 확인하게 되었고, 이질감의 극복을 중요한 과제로 인식하게 되었다. 그 결과, 남북 양쪽의 대중들로부터 오랫동안 사랑을 받아온 춘향전의 주제를 '빈부귀천'의 문제로 집약시켜 남한의 춘향전과는 다른 것을 보여주어야 한다는 필요성을 갖게 되었을 것이다.

이와 같은 필요성 때문에 창작된 민족가극 〈춘향전〉에서는 우선 인물의 성격에 변화가 올 수밖에 없었다. 그리하여, 춘향은 기생의 딸이기보다는 서민성을 강조하는 쪽으로 형상화된다. 그래서 춘향은 향단과 함께 우물에서 함께 물을 긷는 등 일상적인 노동을 하는 여성이며, 양반들 앞에서도 의젓하게 행동하고, 양반계층에 대한 반항정신도 지니고 있는, 의식 있는 여성으로 묘사된다. 그러므로, 춘향과 이몽룡 사이의 사랑과 이별, 그리고 갈등 과정에서 드러나는 것은 봉건사회의 신분 문제로 귀결되고, 춘향과 변학도 사이의 갈등에서도 서민을 억압하는 권력의 문제가 부각된다.

민족가극 〈춘향전〉에서 춘향의 성격을 이렇게 설정한 것은 종래의 판소리나 판소리계 소설에서의 춘향과 크게 어긋나지는 않는다. 기생의 성격을 강조한 계통의 작품을 제외하면 대부분의 작품에 드러나는 춘향의 성격은 이러한 범주에 속하게 마련이다.

그런데, 민족가극 〈춘향전〉에서의 월매와 방자는 이전의 판소리나 남한의 창극에 보이는 인물들과는 확연히 다른 모습을 보이고 있다. 대부분의 작품에서 월매와 방자는 희극적인 인물로 묘사됨으로써 작품에 감칠맛을 더하게 하는 역할을 했다. 그러나 민족가극 〈춘향전〉에서의 월매와 방자는 매우 다른 모습으로 나타난다.

　　월매로 말하면 봉건적 신분제도의 쓴맛을 누구보다도 가슴 아프게 체험한 인물로서 과거 계급사회를 증오하는 즉 주체사상적 내용을 더욱 부각시키고 종자해결에 적극 복무하는 인물로 그려져야 하였으나……　(중략)

　　친애하는 지도자동지께서는 월매의 형상을 혁명가극 〈꽃파는 처녀〉와 〈피바다〉의 어머니들처럼 보통 어머니로 형상하고 유순한 노래를 부르게 하면 사회적으로 버림을 받고 사람축에 들지 못하던 그의 원통한 처지를 얼마든지 이야기할 수 있을 것이라고 하시면서 그렇게 되면 월매가 자연히 관중의 동정을 받게 될 것이라고 명백하게 밝혀주시였다.[36]

　이와 같은 창작 방향의 제시에 따라 월매는 장면 장면에서 과장된 푸념이나 이죽거리는 말투 등을 전혀 보여주지 않는다. 방자와 향단 역시 마찬가지이다. 이들을 진지한 인물로 바꾸어 놓은 것은 이들이 춘향과 마찬가지로 천민·상민일 뿐 아니라 긍정적인 인물이며, 역사 발전의 주체인 긍정적인 하층 계급의 인물을 형상화함에 있어 결함을 과장하는 것을 꺼리고 있기 때문일 것이다.[37] 그 결과, 평균 이하의 희극적 인물들이 작품의 군데군데에서 드러내는 익살과 어리석음, 심술과 질투, 굴종과 아첨 등이 제거되면서, 작품은 이전의 것보다 훨씬 밋밋하고 단조롭게 되었다.

---

36) 서종운·리호인·리종실, 앞의 글, 2~3쪽.
37) 이영미, 「북한 민족가극 〈춘향전〉의 공연사적 위치와 특징」, 고전희곡학회, 『고전희곡연구』 제6집, 2003, 292쪽 참조.

Ⅳ. 맺음말

이 글에서는 전통연희의 희곡적 수용을 고찰하기 위한 첫 작업으로 20세기에 들면서 일어난 판소리의 창극화 과정을 살펴보았다. 그리고, 남북이 분단되고 남쪽과 북쪽에 서로 다른 체제가 고착된 뒤 따로 나뉘어 전개된 창극의 양상을 춘향전을 중심으로 살펴보았다.

1900년대에 판소리가 창극으로 개편되어 공연되자 기억에만 의존하던 대본이 기록되기 시작했다. 1908년 창작 창극 〈은세계〉의 공연으로 창극은 발전의 절정기에 이르렀으나 곧바로 쇠퇴의 길로 접어들었고, 1933년에 조선성악연구회가 발족됨으로써 재기의 발판을 마련했다. 이 연구회의 창극 공연은 해방 이후 지금까지 계속되고 있는 창극의 직접적인 모태가 되었다.

1945년에 조국이 독립되고 남북분단이 고착되어도, 창극은 남과 북에서 끊임없이 재창작되고 공연되었다. 그리고, 그 중심에는 언제나 춘향전이 있었다.

허규 연출의 〈춘향전〉(1988)에서는 도창을 적극적으로 활용했고, 김명곤 각색, 임진택 연출의 〈춘향전〉(1998)에서는 도창의 존재를 없애고 방창을 활용했다. 두 작품에 나타난 춘향은 요조숙녀형이지만 활달한 성격을 소유한 인물로 형상화되었다.

북한에서도 춘향전은 꾸준히 공연되었는데, 1960년대에 들면서부터 서도민요의 창법이 창극에 도입되었다. 1970년대에 들어 혁명가극이 만들어지기 시작했고, 1988년의 민족가극 〈춘향전〉 공연은 '〈피바다〉식 혁명가극의 창작 원칙에 기초하여 만들어졌다. 북한이 판소리를 소박하게 창극 형식으로 꾸민 것에서부터 민족가극 〈춘향전〉으로까지 발전시킨 까닭은 민족적 특성을 중시한 예술정책, 봉건사회의 존비귀천과 부패한 현실에 대한 상민의 저항이라는 작품의 주제, 남북문화교류에 대한 대처 등의 결과이다. 그 결과, 인물의 성격에 변화가 올 수밖에 없었는데, 춘향은 서민성을 강조하는 쪽으로 형상화되고, 월매와 방자, 향단은 진지한 인물로 바뀌어져서 이전의 작품에서보다 훨씬 밋밋하고 단조롭게 되었다.

이 글은 전통연회의 희곡적 수용이란 문제에 접근하는 데 필요한 단초를 마련하려는 의도에서 집필되었다. 그 결과 남한과 북한에서 50여 년간 전개되어 온 다양한 양식을 다루거나 작품을 살피지 못하고, 창극 춘향전과 민족가극 〈춘향전〉을 살피는 데 그쳤다. 그것도 공연에서 실현된 양식적 특성이나, 무대 기법, 음악, 무용 등을 전반적으로 살피지 못하고, 원론적인 수준에 머문 아쉬움이 있다. 따라서, 이 글에서 미처 다루지 못한 문제들은 앞으로 해결해야 할 과제로 남겨둔다.

* 참고문헌은 각주로 대신함.

동학혁명을 소재로 한 희곡의 성격 고찰

김 일 영

(대구한의대)

Ⅰ. 서론

과거의 사건을 다룬 문학작품과 역사기록은 일정한 이야기로 되어 있다는 공통점을 가지고 있다. 그래서 특정한 역사적 사건은 객관적인 기록으로서 역사의 소재가 될 뿐만 아니라 문학작품의 제재가 되기도 한다. 그러면서도 문학과 역사가 동일한 것으로 받아들여지지 않는 까닭은 문학의 본질적인 허구성 때문이라고 할 것이다.[1] 그렇기 때문에 역사기록은 역사기록대로 문학은 또한 그 나름대로의 가치를 지니고 있다.

1894년에 있었던 동학혁명은 우리 민족사에 있어서 매우 중요한 의미를 가지고 있다고 지적된다.[2] 그렇지만 지금으로부터 100년이 넘는 시간

---

[1] 루카치는 이러한 간극을 '필요한 시대적 착오'라고 지칭하고, 이러한 현상은 극문학에서 가장 강하게 나타나고 있다고 지적하였다.(Lucaks, *The Historical Novel* 참조)

[2] 동학혁명 100주년이 되는 1994년에는 동학혁명에 관한 연구 결과가 여러 편 나왔는데, 『1894년 농민전쟁 100주년기념 연구논문집』(한국역사연구회), 『동학 농민혁명 100년』(김은정·문경민·김원용 저, 1995, 나남출판) 등에서 동학혁

저편에 있었던 이 사건을 어떻게 지칭할 것인가에 대해서조차도 여러 분야에서 합의가 이루어지지 않은 상태이다.[3] 일정한 역사적 사건을 반드시 하나의 명칭으로 불러야 하는가 하는 의문이 제기될 수도 있겠지만, 그 사건의 본질에 대한 천착이 확실하게 이루어진다면 이를 바탕으로 하여 특정한 사건을 하나의 명칭으로 부르는 것이 불가능한 일은 아니라고 본다. 현대인에게 영향을 미치고 있는 지난날의 사건이나 우리의 선조들이 지나온 과거를 객관적으로 분명하게 정리하고 그에 대한 평가를 내리는 작업은 그 후손인 현대인들이 반드시 이루어 놓아야 할 임무라고 하겠다. 이것이 바로 역사의식이며, 이러한 역사의식이 광범위하고 확고하게 자리잡을 때에야 현재를 살아가는 우리가 미래의 후손들에게 정당한 평가를 받기 위해서라도 개인의 영달 때문에 민족을 희생시키는 따위의 일을 하지 못하게 될 것이다.

현대 희곡에서는 비교적 이른 시기에 동학혁명이 작품의 소재로 사용되었다. 사건이 있은 지 30여 년 정도가 지난 1926년에 창작된 김우진의 〈산돼지〉가 이에 해당하는 첫 작품으로 볼 수 있으며[4], 1930년대에 발표된 조용만의 〈갑오세(甲午歲)〉와 채만식의 〈제향날〉도 이런 범주에 넣을 수 있는 작품들이다. 해방 이후에는, 1950년대의 박노아(朴露兒)의 〈녹두장군〉이 발표되었고, 1960년대에는 차범석의 〈새야 새야 파랑새야〉가 창작되었다. 1980년대에 공연된 마당극의 대본을 재정리한 〈녹두꽃〉도 이에 해당하는 작품이다. 1994년에는 소설가 이문열이 희곡작품으로 〈여우사냥〉을 창작하였는데, 이 작품도 동학혁명을 제재로 하고 있다.

이렇게 문자화된 희곡작품들 말고 동학혁명을 제재로 삼은 연극대본으로는 1940년대 초에 공연된 〈동학당(東學黨)〉이 있다. 이 작품은 〈사랑에 속고 돈에 울고〉로 유명한 임선규가 쓴 것이라고 한다.[5] 이로써 동학

명의 과정이 비교적 자세하게 설명되고 있다.
3) 그 대표적인 것이 '동학혁명', '동학농민혁명', '갑오농민전쟁' 등이다.
4) 김일영, 『김우진의 희곡 산돼지 연구』, 느티나무, 2003. 참조

혁명은 현대 희곡작품의 제재로 꾸준히 차용되어 왔음을 알 수 있다.6)

이 글에서는 동학혁명을 작품의 소재로 활용하고 있는 희곡작품들의 특징을 살펴보고자 한다.7) 본고에서는 조용만의 〈갑오세〉, 박노아의 〈녹두장군〉, 차범석의 〈새야 새야 파랑새야〉, 임진택의 〈녹두꽃〉 등의 사건 구성과 등장인물들의 특성에 대하여 논의해 보고자 한다.

여러 작품 가운데에서 이 네 편을 논의 대상으로 한 까닭은 전봉준이 사건 전개의 전면에 나오는가 혹은 그렇지 않은가 하는 점과 공연 형식이 프로시니엄 무대인가 마당극인가라는 점을 기준으로 했기 때문이다.

Ⅱ. 현대 희곡 작품에서 다루어진 동학혁명의 양상

1. 조용만의 〈갑오세〉

조용만8)의 〈갑오세(甲午歲)〉는 1931년 『동광』 제 26호에 발표된 1막으

---

5) 임선규의 〈東學黨〉은 이재명 발굴, 고설봉 감수로 『現代文學』 1993년 12월호 (468호)에 실려 있다.

6) 소설 부문에서는 북한에서 박태원이 저술한 『동학농민전쟁』과 남한에서 송기숙이 저술한 『녹두장군』이 동학혁명을 다룬 가장 대표적인 작품들일 것이다. 이 작품들은 각각 1977~1986년 사이, 1989~1994년 사이에 창작되었다.
  이영호의 「1894년 농민전쟁의 역사적 성격과 역사소설-갑오농민전쟁과 녹두장군을 중심으로」(『창작과 비평』, 1990년, 가을호)는 이 두 작품의 성격에 대하여 고찰한 논문이다.

7) 동학혁명을 소재로 한 희곡 혹은 연극 작품들로는 김우진의 〈산돼지〉(1926), 조용만의 〈갑오세〉(1931), 채만식의 〈제향날〉(1937), 임선규의 〈동학당〉(1941), 박노아의 〈녹두장군〉(1950), 차범석의 〈새야 새야 파랑새야〉(1976), 임진택이 정리한 〈녹두꽃〉(1980), 극단 아리랑의 〈갑오세 가보세〉(1988), 배봉기의 〈전봉준〉(1988), 노병갑의 〈들불〉(1990), 김용옥의 〈천명〉(1994), 김정숙의 뮤지컬극 〈들풀〉, 극단 「함께 사는 세상」 공연의 〈궁궁을을, 1894〉 등이 있다.

8) 조용만(趙容萬, 1909~1995)- 소설가·영문학자. 서울 출생. 경성제대 영문과 졸업. 세브란스의전 강사, 매일신보 학예부장, 코리아타임스 주필, 고려대 교

로 된 희곡이다. 이 작품의 제목인 '갑오세'는 '가보세'와 표기는 다르나 소리는 같은 말(homophone)이다. 이 말이 환기하는 것은 갑오년에 일어난 일에 함께 가보고 참여하자는 뜻으로 볼 수 있다. 이 작품의 모티프가 된 '가보세 가보세/ 을미적 을미적/ 병신되면 못간다'는 노래에서 이를 확인할 수 있다. 을미와 병신은 갑오년 다음에 오는 간지이기 때문이다.

이 작품의 내용은 제목에서 읽을 수 있는 것처럼 갑오년에 일어난 혁명에 대해 구체적으로 말하는 것이 아니라, 남원 근처 어느 마을의 젊은이들이 개인적인 사정을 돌보지 않고 혁명대열에 참여한다는 내용으로 되어 있다. 그래서 이 작품에서는 동학혁명에 대한 직접적 서술이 아니라 그 주변에서 일어난 일들이 서술되고 있다.

순돌이는 관아에서 매를 맞고 쫓겨와 죽어가는 아버지와 처자를 데리고 가난하게 사는 젊은이이다. 봉명이는 그의 친구인데 순돌이의 누이동생 순이와 약혼한 사이이다. 순돌이는 죽어가는 아버지로 인하여 동학혁명에 참여하려 했던 마음이 흔들리지만 마침내 집을 떠난다.

봉 명 아저씨, 어 이거 윈 일이유.
첨 지 (다시 눈을 뜨고 봉명이르 보드니) 오 봉명아, 오 내 사위 다 알었다. 새벽에 너 이 둘이 허든 얘기 다 들었다. 응 어서 가거라, 어서 가. 돌이 허구 어서 가거라. (안타까웁게 허덕인다. 그리드니 또 컥컥 하면서 피를 대줄기 같이 쏟는다.)
순 돌 (울다가 머리를 들고) 아버지, 어이고 아버지.
        (멀리서 장구소리가 들리고 젊은이들의 아우성 소리가 난다. 그리거 노래……)
        가보세 가보세
        을미적 을미적
        병신되면 못간다
첨 지 (북소리에 또 눈을 홀끗 뜨고) 어서 가. 내 염려 말구 어서 가. 장구

수 등을 역임함.

울린다. 장구 치면 된대지. 어서어서 (힘없이 손을 내전다.)

촌노B (엄숙히) 순돌이 어서 가게. 봉명이두 어서 가. 나종 일은 우리들이
　　　　다 맡었네. 어서 젊은 놈은 갈 데로 가게.

촌노C (감격에 넘쳐서) 그래 뒷일은 염려말구 어서 가 보게, 어서 어서. 아
　　　　버님 웬수를 갚어 주게. 자 어서.

순 이 (울면서) 옵바 어서 가우. 염려말구 어서 가우. (그리고 봉명을 향하
　　　　여) 어서 가주세요. 어서 마음 놓고 가세요.

순 돌 (첨지를 껴안고 소리쳐 운다.) 아버지─아버지─불싸한 아버지─웬수
　　　　갚지요─오늘밤 안으로 웬수 갚지요─아비지 눈 감으세요 녜─(순돌
　　　　울면서 일어슨다. 봉명도 따라 일어슨다. 순이 봉명에게 매달린다.)

순 돌 (눈물을 뿌리면서) 그러면 아젓씨네들 저이들은 갑니다.
　　　　　(북소리와 아우성 소리 높다.)

순 돌 (다시 방을 디려다 보며) 아버지─웬수갚으러 갑니다─네─아버지─

봉 명 (매달린 순이를 뿌리치고) 안돼요, 안돼. (그리고 순돌의 팔을 이끌
　　　　며) 어서 가세─자, 어서.
　　　　　(순돌 봉명의 억개에 기대여서 소리처 울며 문으로 향한다. 밖에서
　　　　순돌의 부르짖는 소리 요란하다.)

촌로들 뒷일은 걱정말구 어서 가─어서.
　　　　　(울밖에서 아우성 소리와 함께)
　　　　가보세
　　　　가보세[9]

　이 작품은 동학혁명의 재현이라든가 역사적 조명을 목표로 하여 쓰인
것이 아니라 자신들이 처한 가난하고 억울한 상황을 벗어나기 위해서 동
학에 참여하고자 하는 젊은이들과 이들에게 동학군으로 나가기를 바라는
늙은이들을 삽화적으로 제시하는 데에 그쳤다.

　순돌이 아버지인 첨지가 자기의 죽음이 어디에서 비롯되었는지 깨닫
지 못하고 순돌에게 단순히 양반들이나 사또를 죽이라고 하는 것이나 순

---

9) 〈甲午歲〉, 『韓國戲曲文學大系 2』, 韓國演劇社, 1977. 340쪽

돌이가 양반을 원수로 생각하고 그 원수를 갚기 위해서 동학에 참여하려
고 하는 것 그리고 동네 늙은이들도 순돌이네의 비극이 자신들의 비극임
을 깨닫지 못하고 있는 것 등은 동학혁명이 왜 일어났는가에 대한 전체
적인 조감없이 작품을 쓴 결과라고 하겠다. 〈갑오세〉는 갑오년에 동학혁
명이 일어난 곳에 '가보세'라는 참여의식을 강조하는 수준에 머물고 있
다.

2. 박노아의 〈녹두 將軍〉

  박노아는 해방 직후에 조선연극동맹에서 활동한 적이 있는 극작가이
다.[10] 그의 삶에 대해서는 정확히 알려진 것이 거의 없다.[11] 그의 〈녹두
장군(綠豆將軍)〉은 1950년 정음사에서 간행한 희곡집 『녹두將軍』에 실려
있다.[12] 이 작품은 '1946년 12월 국도극장에서 초연되었으며 그 후 여러
차례에 걸쳐 재공연된 작품으로'[13], 작품의 제재를 동학혁명 당시 농민군
들의 본격적인 전쟁에서 가져온 최초의 희곡이라고 하겠다. 그래서 사건
이 전개되는 시간이 1894년 정월 중순부터 1894년 11월 상순까지로 되어
있다. 전체가 3막으로 된 이 작품에서 제1막은 전봉준이 동학천병(東學天

---

10) 조선연극동맹은 1945년 12월 20일 조선연극건설본부와 조선프롤레타리아연극
   동맹이 통합되어 만들어진 연극 조직이다. 이 단체는 유치진, 이서구 등이
   1947년 10월 29일 전국연극예술협회 결성할 때까지 상당한 영향력을 발휘한
   다.
11) 필명이 조천석(朝天石)임. 생몰연대 미상인 그는 한국전쟁 직후 행방불명이
   되었다. 소련에서 유학한 적이 있는 그는 1944년 데뷔작 〈셔어멘號〉 이후 7편
   의 희곡을 발표하였다.
12) 『녹두將軍』에는 〈先驅者〉, 〈녹두將軍〉, 〈泗溟堂〉 등의 세 작품이 수록되어 있
   다.
13) 이석만, 『해방기의 연극』, 태학사, 1996. 104쪽
   그런데 서연호는 『한국근대희곡사』(고려대출판부, 1994. 341쪽)에서 이 작품
   의 공연 시기와 공연 극단을 1947년 6월 극단 예술극장이라고 지적하고 있다.

兵)을 거느리고 분연히 일어서는 까닭을 밝히고 있고, 제2막은 부패한 전주감영의 벼슬아치들의 모습과 동학군의 전주입성 그리고 손병희와 전봉준의 갈등을 제시하고 있다. 제3막은 전주에서 물러 나온 동학군들의 모습과 관군들에게 잡히고 마는 전봉준의 모습을 그리고 있다.

전봉준은 태인 동곡이라는 마을에서 서당을 하고 있다. 그의 부친은 전라감사에게 매를 맞고 고문을 당하다가 죽었는데, 전봉준은 이처럼 극악한 관리들의 폭정에 고통을 당하는 농민들을 보고 봉기하기로 한다.

朴　　노형 말씀이 옳소. 녹두장군! 거사할 때는 왔소.

인덕　난득자시(難得者時)요, 이실자기(易失者機)라 하지 않았소. 얻기 어려운 건 때요.

전　　정말 그렇소이다. 내 안에 노모가 계시니 잠간 하직하고 나오리다.

朴　　그러시오.
　　　전이 뒷창문을 열자, 벌써 그의 모친이 나와 서 있다.

전　　어머님……

모친　(대청에 올라와 앉는다.) 이미 다아 들었다. 네가 나서야 될 일이면 나가거라. 그러나 네 아버지께서 전임 전라감사 김시연의 탐학한 행동을 탄핵하고 항거하다가 전주감영에서 장살(杖殺) 당한 것을 몽매에도 잊지 말아라.

전　　예, 불공대천지수를 잠신들 잊을 리가 있겠습니까?

모친　아니다, 원수를 갚으란 말이 아니다. 한 사람이 원수를 갚고 보면 다시 열 사람 스무 사람과 원수가 되는 법인즉 내 한 몸의 원수를 생각지 말고 항상 국가 대사를 생각하란 말이다. 잘못 실수하여 개죽음을 하고 보면 역모의 누명을 벗지 못할 터이니 삼가 처신해라.

전　　예, 어머님 말씀 명심불망하오리다. 그러하오나 소자의 뒤에는 국태공이 계시오니 만만 안심하소서.

모친　국태공이?……(하고 박과 인덕을 쳐다 본다. 두 사람 점두한다.) 오냐 알았다, 가거라.

전　　(일어나 절하고 나서) 어머님 기체만강 하소서. (하고 마루 끝에 나서서 외친다.) 가자! 동학천병(東學天兵)을 거느리고 수운선생의 유훈을

　　　　좇아, 경천수심과 제세안민의 동학천도를 받들고 저 사직을 위태롭
　　　　게 하며 창생을 괴롭히는 요부와 역도를 치자!
　　　일동　　어……(하고 함성을 친다.)[14]

　　전봉준의 모친은 남편을 억울하게 잃고도 그의 아들이 그 원수를 갚으
려 하자 '사사로운 원한을 갚으려 하지 말라고 한다. 잘못하다가는 역적
이 되기 때문이라는 것이다. 세상살이에 요령을 터득한 지혜 많은 노인
의 역을 전봉준의 모친이 하고 있다. 그런데 이 부분은 작가가 개입한 흔
적으로 볼 수 있으며, 그 결과는 전봉준이 전주에 입성하여 항복한 관리
들을 처리한 때에 나타난다.

　　또한 전봉준이 그의 어머니에게 하는 말 가운데에 국태공인 대원군이
그들을 도와주고 있는 듯한 표현을 찾아 볼 수 있는데, 이것 역시 작가개
입이라고 하겠다. 또한 대원군이 전봉준에게 밀서를 보내서 전봉준이 봉
기하도록 한 것 역시 작자개입의 한 양상으로 볼 수 있다. 왜냐하면 전봉
준이 그의 어머니에게 자기들의 뒤에 국태공이 있다고 말한 것은 동학농
민군 봉기의 당위성을 얻어내기 위한 것이었고, 그의 모친을 안심시키는
역할만 했을 뿐이지 그 뒤에는 그들과 대원군의 관계가 전혀 나타나지
않고 있기 때문이다.

　　제2막에서 향락을 즐기던 감사 이하의 벼슬아치들은 전봉준이 전주성
에 진입하자 싸워볼 엄두도 내지 못하고 순순히 물러간다.

　　　전　　(監司를 보고) 그대가 전라감사 김문현인가?
　　　감사　그렀소.
　　　전　　전주성은 이미 우리 동학군의 수중에 떨어졌으니, 그대는 나하고 이
　　　　　　자리에서 한번 승부를 겨누어 보든지, 그렇지 않으면 감영을 내놓고
　　　　　　단신으로 물러가라.

---

14) 박노아 편, 『녹두장군』, 정음사, 1950. 128~129쪽

감사 　물러 가겠소. 명색이 사또로서 선정을 베풀지 못하고 전래의 폐습에
　　　 젖어 풍유연락만을 즐기고 지내왔은즉, 오늘날 녹두장군 앞에서 이
　　　 런 굴욕을 당해 마땅하오.
전　　 옳은 말이다. 그럼 감영곡간 열쇠와 옥문 열쇠를 내놓고, 내 휘하 장
　　　 수가 들어오기 전에 빨리 도주하라.15)

　　김문현은 전봉준의 한 마디 말에 굴복하고 성을 떠나면서 이방을 불러
열쇠를 인계하고 물러간다. 이때에 전봉준은 그에게 감영인장은 가지고
가라고 고이 들려 보낸다. 뿐만 아니라 전봉준은 감영에서 군대를 담당
하고 있던 사마에게도 '한 칼에 버힐 것이로되 노모의 부탁이 있'기 때문
에 살려 보내는 너그러움을 보이고 있다. 이는 작가가 전봉준을 영웅으
로 만들기 위해서 취한 '필요한 시대적 착오'라고 하겠다.
　　박노아는 작중 사건전개의 필연성에 의해서 인물을 형상화한 것이 아
니라 자기의 주관적 감정에 따라서 등장인물들의 성격을 마음대로 조절
한 것이다. 이러한 작가의 태도는 관리들의 가렴주구와 늑탈을 견디다
못해 일어선 전봉준이나 농민군들을 익살맞게 여기게 하는 한 요소가 될
수가 있다. 이렇게 제시된 전봉준의 태도는 '동학천병을 거느리고 수운선
생의 유훈을 좋아, 경천수심과 제세안민의 동학천도를 받들고 저 사직을
위태롭게 하며 창생을 괴롭히는 요부와 역도를 치자'는 초기의 정신가짐
에서 많이 후퇴한 것으로 보이고, 이는 등장인물들의 성격에서 일관성을
빼앗는 좋지 않은 결과를 초래하고 만다. 극장르에서 등장인물들의 성격
변화는 작품의 사건 전개에 결정적인 구실을 한다는 점을 인정한다면,
작가의 주관적 개입은 극장르의 특성을 거부하는 것이다.
　　더욱이 검가(劍歌)를 부르며 의기를 다진 전봉준이 전주성에 머물면서
관군과 대치한 때 손병희가 나타나 '해월 선생께서는 장군이 이번 거사
에 찬성하지 않았'으며 '중인의 힘을 규합하여 실력행동으로 정치에 간

15) 박노아의 같은 책, 144~145쪽

여하는 것은 교의 본지가 아니요, 동학교주 수운선생의 성지에 어긋나는
것인즉 바삐 흩어지라'고 장군들에게 말하자, 장군들은 그래도 힘을 모아
서울로 진격하자고 하나, 전봉준은 사태의 심각성을 들어 손병희의 말에
동조하고 나서는 아이러니를 범하고 있다. 전봉준이 들고 있는 심각한
사태란 동학군으로 인하여 외국의 군대가 들어 올 가능성이 있다는 것과
지금 당장 군사들을 구휼할 식량도 문제가 된다는 것이다.

> 손　그렇소. 장군이 전주성 안에 갇히어 그 큰 뜻을 펴지 못하고 날을 보
> 　　내는 동안에, 청병과 왜병이 서울을 덮치어 정국이 하루 아침에 돌변
> 　　하고 보면 장군의 갈 곳이 없어질까 염려되나이다.
> 전　한 개 전봉준의 갈 곳이 없어질 뿐만 아니라, 백성들의 갈 곳이 없어
> 　　지지 않겠습니까. 백성들 마음 속에 싹트기 시작한 동학의 정신이 서
> 　　리를 맞을 분수니 그것이 비통합니다.
> 손　그렇소이다.
> 전　우리 장병들은 일거에 서울을 무찌를 듯이 서둘지마는, 기실 지금 형
> 　　편으로서는 이성 포위를 깨뜨릴 가망이 없습니다. 작금에는 성중 백
> 　　성들의 식량이 부족해서, 부득이 군량을 헐어 구휼하고 있사오나 앞
> 　　으로 더 며칠을 지탱하겠습니까.[16]

　　그리고 역사적 실제 사건으로서 손병희가 전봉준을 찾아 왔는가 하는
점도 문제가 된다. 1894년 당시에는 최시형이 동학교주로서 북접을 대표
하고 있었기 때문이다. 최시형의 뒤를 잇는 손병희가 전주성에 나타나서
전봉준에게 더 이상 관군과 싸움을 벌이는 것은 외국의 군대를 불러들이
는 결과를 빚고 마침내는 전봉준도 갈 곳이 없어지리라는 협박을 하고
있고, 전봉준은 이 말에 기가 죽어서 갈팡질팡하고 있는 것이다. 그러다
가 전봉준이 선택한 길은 관군과 적당히 화해하는 방법을 찾는 것이었다.

---

16) 박노아의 같은 책, 169쪽

손　만일 실정이 그렇다면 다시 한번 장수들을 불러서 장군 심정을 설토
　　하는 게 어떻겠습니까?

전　피를 흘리지 않고 이 성을 빠져 나가는 길은 있습니다.

손　어떻게?……

전　홍계훈은 우리를 위협할 생각으로 대포를 난사하여 왕가의 종묘를
　　파괴했으니 내심 송구해서 어떠한 방법으로든지 결말을 짓고 빨리
　　서울로 올라 가서, 상감께 사죄할 생각에 초조한 눈치를 나는 벌써부
　　터 알고 있습니다.

손　그러면 동족끼리 더 피를 흘릴 것 없이, 한 걸음 물러서서 대세를 관
　　망하기로 하는게 옳은 길인가 합니다. 장군이 먼저 홍계훈에게 군사
　　(軍使)를 보내서……

전　아니요. 나는 홍계훈이 군사를 보낼 때를 기두리고 있습니다.[17]

여기에 이르면 전봉준이 어찌하여 농민군을 모아서 관군에게 도전하
였는가 하는 물음이 떠오르고 그 답은 글쎄 올시다의 식으로 될 수밖에
없어진다. 초토사 홍계훈이 보낸, 항복하라는 방문을 본 전봉준은 싸워보
지도 않고 전주성에서 물러난다. 전봉준이 상복을 입고 전주성에 들어가
서 감사 김문현을 내쫓았듯이 자신도 쉽게 전주성에서 물러 나오고 만
것이다.

제3막에서, 전주성을 물려주고 나온 전봉준은 농민군들을 해산시키는
것이 아니라 그들을 근처의 산성으로 이끌고 가서 눈치를 살핀다. 그리
고는 왜놈들에게 나라를 맡길 수 없으니 이를 악물고 싸워보자는 장수의
말을 듣고는 다시 '그렇다! 조선은 임금님 한 분의 조선이 아니요, 조정에
앉아 있는 대신들의 조선이 아니요, 우리 백성들의 조선이요…… 조선이
외국의 침해를 당할 때 제일 먼저 설음과 압박을 받는 것은 백성들'이라
고 마음이 변한다.

이로써 비극적 주인공인 전봉준의 성격에는 상당한 불통일성이 따르

---

17) 박노아의 같은 책, 170쪽

고 있음을 알 수 있다. 이러한 주인공의 성격에 부여된 불통일성은 주인공이 비극을 맞이하더라도 독자나 관객들로 하여금 동정이나 연민의 정을 느끼기 어렵게 한다. 그럼으로써 감정의 정화상태를 맛보기도 힘든다.

갈팡질팡하던 전봉준은 산성에 들어 온 관군들에 의해서 체포당한다. 그때에 전봉준은 '이놈들아! 왜병이 궐내에 침범했을 때 네놈들은 뭣을 하고 있었더냐? 너희들이 백 사람 천 사람의 전봉준은 잡아죽일 수 있어도 이미 백성들의 머리 속에 깊이 뿌리박은 그 정신을 없애진 못할 것'이라고 소리친다.

그러나 그의 이러한 외침은 무슨 소용이 있겠는가. 이는 아마도 박노아가 해방 후에 가지고 있던 일본에 대한 감정을 드러내기 위함이었다고 할 것이다. 왜냐하면 일본인들이 궐내에 침입하도록 만든 것은 전봉준을 체포하러 온 하층 병졸이 아니라 그들을 지배하고 있던 최고 상층의 관료들이었기 때문이다. 결국 전봉준이 말하는 '이놈들'은 전봉준의 대사를 듣는 등장인물들이나 작품이 창작되던 당대의 인물들을 말하는 게 아니라, 시간과는 관계없이 우리 민족을 고난의 구덩이에 몰아 넣게 했던 민족 반역자들에게 박노아가 부르짖는 말이라고 할 것이다. 이러한 맥락에서 전봉준과 대원군을 개인적인 친분이 있는 인물로 설정한 것도 박노아의 인식 드러내기라고 하겠다.

〈녹두장군〉은 두 가지 플롯으로 되어 있다. 하나는 전봉준이 농민군을 일으켜서 관군과 싸우다가 손병희의 말을 따라 싸우기를 단념했다가 다시 의기를 다졌으나 결국엔 관군에 의해서 체포된다는 사건이다. 둘째는 전봉준의 문하생인 조성국과 마을 처녀인 옥분이의 사랑 이야기 그리고 전봉준을 좋아하는 월향과 전봉준을 살해하고자 하는 월향의 오빠 강삼룡의 이야기가 그것이다.

조성국과 옥분의 사랑 이야기는 전봉준이 추구하는 백성의 국가에 대한 항거라는 대의명분을 희석시키는 작용도 하고 있는데, 이는 독자들이나 관객들에게 재미를 제공하고자 하는 박노아의 극작술에 기인한 것이다.[18] 또한 전봉준을 사랑하는 월향과는 같은 핏줄이면서도 전봉준을 죽이고자 하는 강삼룡의 등장은 긴장감과 이완감을 교차하여 제공하는 구실을 하고 있다.

그리하여 이 작품에서는 역사에 대한 새로운 해석을 찾아볼 수는 없지만, '전봉준을 세상에 대한 안목이 있고 정의로운 결단력이 있으며 내면에는 인간적인 정감이 짙은 서민적인 지도자로 부상시켜 놓은 것이 잔잔한 감동을 느끼게 해준다.'[19] 나아가서 이 작품은 '동학혁명이 일어났던 시기와 해방기를 잘 연결시킴으로써 역사극으로써의 모습을 잘 갖춘 작품이라'고[20] 평가할 수도 있다.

3. 차범석의 〈새야 새야 파랑새야〉

이 작품은 1976년 극단 「산하」에서 공연된 대본이었는데, 후에 희곡으로 발표되었다. 전체가 2부로 구성되어 있는 이 작품에서, 제1부는 1895년 전봉준이 잡히어 교수형을 당할 때의 사건으로 되어 있고, 제2부에서는 그로부터 16년이 지난 1912년에 전봉준의 휘하장수였던 변절자 오세정의 집에서 일어난 일을 다루고 있다.

이 작품은 신석정의 시 〈갑오동학혁명의 노래〉를 그 모티프로 하고 있다.

---

18) 유민영, 『韓國現代戲曲史』, 홍성사, 1982. 344쪽
　　'이처럼 〈綠豆將軍〉에는 연극의 재미를 만드는 데 네 사람의 인물이 등장하여 극히 상식적인 이야기가 될 全琫準의 義擧記를 윤택하게 만들었던 것이다. 그러나 그와 같은 伏線도 결국은 이 작품을 멜로드라마로 만드는 것 외에 별 큰 구실을 하는 것은 아니다.'
19) 서연호의 같은 책, 342쪽
20) 이석만, 같은 책, 108쪽

새야 새야 파랑새야
녹두밭에 앉지 마라
녹두꽃이 떨어지면
청포장수 울고 간다

징을 울렸다
죽창도 들었다
인젠 앞으로 앞으로 나가자
눌려 살던 농민들의 외치던 소리
우리들의 가슴에 연연히 탄다

갑오 동학 혁명의 뜨거운 불길
받들고 나아가자 겨레의 횃불
오늘도 내일도 더운 피 되어
태양과 더불어 길이 빛내자[21]

이 시의 앞부분은 민요에서 차용된 것으로 비극성을 지니고 있고, 뒷부분은 동학혁명 당시에 들고 있어 섰던 민중들의 의지를 드러낸 것으로 상당히 혈기방장한 내용이다. 동학혁명이 실패로 끝났는데도 불구하고 이러한 시가 지어질 수 있는 것은 서정장르가 지닌 주관적인 특성에 기인한다고 할 수 있다. 다시 말하자면 실패로 끝난 동학혁명에 대한 안타까움을 미래에 대하여 피끓는 의지로 바꾸어 도전하겠다는 열정이 표현된 것이라고 하겠다.

그런데 극작가로서 차범석은 이러한 낭만성에 빠지지 않고 있다. 그는 비극적으로 마무리된 사건을 비극으로 재현하되 그 사건의 영향이 당대에 그치는 것이 아니라 그 후손의 행동에도 영향을 미치고 있다고 보고 있다.

---

21) 〈새야새야 파랑새야〉, 『韓國戲曲文學大系 5』, 韓國演劇社, 1981, 15쪽

제1부에서 전봉준은 재판을 받는다. 재판관 장박(張博)과 일본 영사 내전(內田)에게 전봉준은 다음과 같이 말한다.

전봉준 무력한 우리 조정에서 동학군을 막기 위해 청국에다 원군을 요청
       하자 일본은 일본인 거류민의 생명 보호와 안녕 유지라는 명목으로
       인천 앞바다에 군함을 몰고 와서 우리에게 총부리를 겨누었음을 기
       억할 것이다. 그러나 그것은 표면상의 구실일 뿐 속셈은 그 최신식
       무기와 군비의 힘을 과시함으로써 조선땅을 둘러 삼키려는 야욕이었
       다고 왜 떳떳하게 말을 못하는가 말이다!
내 전 이놈! 그 입을 당장에 찢어 놓을 테다! 뉘 앞에서 함부로……(하며
       부들부들 떤다.)
전봉준 (태연하게) 한울님 앞에서는 만민이 평등한 법이다. 두려울 것도 없
       고 슬퍼할 것도 없다! 양반도 상인도 백정도 꼭같은 법이니 이것이
       바로 우리 동학도의 마음이자 믿음이다.
장 박 동학은 이미 나라에서 금지된 사교임을 잊었느냐?
전봉준 동학이 사교라면 천주교도 유교도 불교도 모두가 사교일진대 왜
       하필이면 우리 나라 사람에 의해서 싹터서 우리 백성에게 뻗어 가려
       는 동학만을 금지하는가 말이다. 서양에는 서학이 있듯 우리 나라에
       는 동학이 있는 게 죄냐? 제 나라 제 백성의 것은 얕잡아 보면서 청
       국이나 왜놈의 것은 두꺼비 파리 삼키듯 넙죽 받아 먹는 꼴이 보기
       싫어서 나는 끝까지 혈전을 주장했다. 그러나 불행히도 입암산 골짝
       우리에서 같은 동학도에 의해 밀고를 당해 이 꼴이 되었지만 그자가
       밉지는 않다. 같은 교도이었고 지난날의 나의 부하였던 김경천이 나
       를 관군에게 밀고한 것도 따지고 보면 천냥의 상금이 탐났기 때문이
       다. 가난했기 때문이다. 그러나 우리에게 두려운 건 바로 왜놈들의
       속 검은 술책이다. 동양의 평화를 외치던 그 입으로 조선땅을 삼키고
       동학군을 막으려는 그 총부리로 조선 동포를 위협하는 그 가증한 배
       신행위는 백겁에 기억되리라.
내 전 당치도 않다. 죽고 싶으냐?
전봉준 나는 안 죽는다.
장 박 법을 어긴 자는 사형을 면치 못한다.

전봉준　나는 한번 죽지만 그릇된 법을 집행한 자는 영원히 죽을 것이다.
　　　　역사가 기록되고 남아 있는 이상 나는 되살아나도 너희들은 영원히
　　　　죽을 것이다.[22]

　이상은 동학혁명을 소재로 하여 이 작품보다 앞서 창작되었던, 김우진의 〈산돼지〉나 채만식의 〈제향날〉에는 없는 전봉준의 등장장면이다. 〈새야 새야 파랑새야〉에 이르러서는 전봉준의 행적이나 죽음에 대해서 객관적인 서술이 가능해졌다고 볼 수 있다. 이는 동학농민군을 토벌하면서 한반도를 장악하기 시작했던 일제가 우리 민족을 지배하던 시기에는 동학혁명 그것의 실체를 문학화할 수 없었음을 의미하기도 한다. 그래서 희곡에서는 1950년의 〈녹두장군〉에 와서야 전봉준이 작품의 주인공으로 등장한다. 시기적 순서로 보아 〈새야 새야 파랑새야〉는 전봉준이 등장하는 두 번째 희곡이 되는 셈이다.

　예로 든 대사에서 알 수 있듯이 전봉준은 죽음에 임박해서도 조금도 비굴해지지 않는다. 그 까닭은 관군과 전쟁을 했던 그의 행위가 민족 특히 핍박받는 농민들의 해방을 위한다는 명분에 입각했었던 것이지 개인적인 영달을 위한 것이 아니었기 때문이다. 그리고 그는 그를 관군에 고발한 옛날의 부하 김경천까지도 미워하지 않는다. 차범석은 전봉준의 성격을 이렇게 형상화함으로써 전봉준에게 평범함과 영웅성을 동시에 부여하고 있다.

　사형이 선고된 전봉준에게 그의 수장(首將)이었던 기천석과 오세정이 다가오고 전봉준은 그들에게 남쪽으로 가서 개벽이 될 때까지 씨 뿌리고 거두어들이게 하라고 말한다. 전봉준이 사형 당하는 장면은 호리존트에 실루엣으로 처리되는데 이는 사건의 무대화에서 중요한 기법으로 여겨진다. 인쇄물을 통해서 볼 수 있는 교수형 당한 전봉준의 사진을 이용해서 그가 죽었음을 알릴 수도 있으나 차범석은 이 장면을 굳이 실루엣으로

---

22) 〈새야새야 파랑새야〉, 같은 책, 18~19쪽

처리함으로써 장면의 비극적 효과를 최대화하고 있다.

전봉준이 살아 있을 때에 함께 동학에 열성이었던 기천석과 오세정은 전봉준이 죽으면서 김덕삼에게 전하라고 한 문서를 가지고 남쪽으로 그를 찾아간다. 그들은 주막에 머무르다가 김덕삼이 잠적했다는 소식을 듣는다. 거기에서 기천석은 고집스럽게 동학을 위해 몸을 바치자고 하지만 그보다 나이가 어린 오세정은 자꾸만 머뭇거린다.

> 오세정이 스승의 유훈을 따른 일에 회의를 품는 까닭은 죽을까봐 겁이 났기 때문이다. 그에게 있어서는 일의 옳고 그름이 중요하지 않고 그 일로 인하여 죽느냐 사느냐 하는 것이 더 큰 문제이다. 그는 대의명분을 중요하게 생각하는 것이 아니라 개인적인 안위를 더 중하게 여긴다. 그러므로 지금의 이 상태에서는 생존의 위협을 느낄 수밖에 없기 때문에 북접파의 그늘로 들어가 생존의 안전을 꾀한다. 그는 결국 편안히 사는 길을 찾아 민족을 배반하는 길을 택한다. 이는 시류에 편승해서 살아가는 기회주의자의 삶이다.[23]

그로부터 16년이 흐른 제2부에서 오세정은 변절하여 친일파이며 일진회의 간부가 되어 호화로운 생활을 하고 있고, 이와는 대조적으로 기천석은 16년 전에 체포되어 옥살이를 하고 나왔는데, 이제는 식민지가 되어버린 나라를 찾기 위해 독립운동을 하고 있다. 16년 전에 기천석이 관군에게 체포된 까닭은 오세정이 기천석의 행방을 주막 주인에게 발설했기 때문이었다.

기천석은 남루한 차림으로 오세정을 찾아와서 얼마간의 자금을 대어 줄 것을 요구하나 오세정은 이를 거절한다. 그의 부인은 그보다 한술 더 떠서 기천석을 홀대한다. 독자들은 여기에서 오세정에 대한 증오나 공포

---

23) 최창길, 「새야 새야 파랑새야」의 대립적 구성과 갈등 양상, 『차범석 희곡연구』, 중문출판사, 1999. 154쪽

감보다 오히려 그 부인에 대한 증오감으로 긴장하는 환상에 빠지게 된다.

참판이 된 오세정의 집에서 잔치가 벌어진 날, 기천석의 아들 용태가 잔치를 거들어 주는 심부름꾼으로 변장하여 오세정의 집에 들어간다. 아내로부터 아들이 오세정의 집에 갔다는 말을 듣고 달려온 기천석이 아들에게 그만 두라고 말리지만 용태는 오세정에게 권총을 쏜다. 그러나 오세정이 죽지는 않는다. 이는 친일파가 끝까지 살아서 후대에 잔재청산의 대상이 된다는 점과 일맥상통하는 인물처리라고 하겠다.

이제 남은 것은 용태가 법의 심판을 받는 일. 기천석이나 용태나 민족을 위해서 일을 했지만 그들을 기다리는 것은 비극적 운명일 뿐이다. 그런데 재판정에 선 것은 용태가 아니라 기천석이었다. 이제 기천석은 그가 놓였던 시대의 희생양으로 죽음을 당하게 되었다. 그렇지만 기천석은 전봉준이 그랬듯이 죽음 앞에서도 결코 비굴하게 행동하지 않는다.

여기에서 차범석은 기천석의 죽음이 전봉준의 죽음과 밀접하게 연결되어 있음을 말하고 있으며, 그들이 지향했던 민족을 위한 정신은 다시 기천석의 아들인 용태에게 계승됨을 말하고 있음을 알 수 있다. 이는 전봉준을 처형함으로써 동학혁명이 끝났다는 인식과는 다른 작가적 세계관의 표출이라고 할 수 있을 것이다.

4. 임진택이 정리한 〈녹두꽃〉

전체가 세 마당으로 구성된 〈녹두꽃〉은 1980년 5월 서울대 마당에서 총연극회가 공연한 대본을 임진택이 재정리한 것이다. 이 작품은 1985년에 발간된 『한국의 민중극』에 실려 있다. 이 작품의 앞머리에 다음과 같은 해설이 붙어 있다.

「녹두꽃」은 김지하의 공판정 최후 진술 속에 나오는 장편서사시 「장

일담」의 구상을 토대로 하여 동학농민운동의 전개과정을 담아내고 있는 역사극이며 포교극이자 정치극이다.

'사람이 하늘이다'라는 동학의 한 교리를 재해석하여 새로이 창출한 '밥이 하늘이다'라는 교리는 이 마당굿의 상상력의 원천이자 오늘을 둘러 싸고 있는 모든 상황을 한꺼번에 요약해 주는 이 시대의 정치적 주문이기도 하다. 이 마당굿은 너무나 일상적이어서 차라리 영성적인 이 교리를 오늘의 모든 계층에게 두루 통할 수 있는 포괄적이고 보편적인 것으로 설정하고 이를 바탕으로 연합된 민중이 대동규합의 행동으로 나아가는 전개과정을 그려낸다. 그것은 한마디로 반봉건·반외세의 민주·민중운동으로서의 동학이 오늘날 어떻게 역사적 지속성을 지니는가 하는 물음에 다름 아니다.[24]

우리 나라가 세계의 강대국이 되지 않는 한 대외적으로 100년 전의 상황과 달라질 것이 없다. 100년 전에 백성이 중요했다면 현재에도 백성이 중요하다. 오늘날에도 국민들이 정부를 불신하고 있다면 역시 그 때보다 나아진 것이 없다고 하겠다. 즉 '사람은 하늘이다'라는 동학의 교리는 오늘날에도 교리가 아닌 실천적 명제로 유효한 말이다. 가난하고 핍박받는 자들에게는 오히려 '밥이 하늘이다'라는 〈녹두꽃〉에서 패러디화한 말이 더욱 진실성을 가졌다고 할 것이다.

첫째 마당에서, 배달호와 유달수는 동학의 주문인 '시천주 조화정 영세불망 만사지'를 변형시킨 '한울님을 모시면 모든 조화가 이루어지고 길이 잊지 않으면 만사가 저절로 풀리라'라는 주문을 외면서 해동백미교를 전파하러 다닌다. 신도들에게 나타난 교주 진풍운은 새로운 세상이 다가오니 '밥이 하늘이다'라고 외치도록 한다. 그러다가 그는 관군들에 의해서 '천민을 규합하고 민심을 선동하여 모반을 획책하였으므로 내란죄'를 범했다고 체포된다.

둘째 마당은 풍운이 잡혀 들어간 감옥인데, 이는 작품 속의 연극 장면

---

24) 채희완·임진택 편, 『한국의 민중극』, 창작과비평사, 1990. 403쪽

이 된다. 진풍운은 거기에서 '하늘은 곧 땅이요 땅은 곧 하늘이라. 땅에서 돋아나는 곡물과 땅 위를 걷는 사람은 본시 하늘과 다를 바 없을지니, 이 것이 곧 밥이 하늘이라는 교리의 근본'임을 역설한다. 또한 그는 '너희가 있는 힘을 모두 뭉쳐 이 끈질긴 압제의 사슬을 끊고 나아가려 한다면 한울님은 반드시 너희를 해방으로 인도할 것'이라고 선각자적인 말을 해서 죄수들을 깨우친다. 그리고는 간수를 따라 멀리멀리 사라진다. 고막봉이를 비롯해서 남아 있던 죄수들은 치밀한 계획을 세워서 탈옥을 한다. 이 러한 극중극 장면은 독자나 관객들에게 현실적 질곡을 벗어나기 위해서는 결집해야 한다는 깨우침을 주기에 충분하다.

셋째 마당에서는 첫째 마당에 등장했던 배달호와 유달수가 다시 나와서 진풍운이 죽을 때에 자신에게 유물로 젓가락을 물려주었다고 가가 주장한다. 이는 최제우가 죽을 때에 북접 대표자로는 최시형을 주목했으나 남접 대표자는 지목하지 않고 죽어서 동학군이 일어설 때에 남접과 북접이 다른 의견을 가지고 있었고 마침내는 분열되고 만 상황을 암시한 것으로 보인다.

그들이 신도를 모아 놓고 해동백미교를 퍼드리기 위하여 밥을 달라는 주문을 암송하지만 그들에게 먹을 것이 생기지 않는다. 주문을 외기에도 지친 그들에게 밥을 가져다 준 사람은 진풍운이 있었던 바수다 감옥을 탈출한 고막봉 일행이었다. 그들은 부잣집을 털어서 먹을 것을 가지고 왔다. 또한 고막봉의 말은 진풍운의 수제자라 하는 배달호나 유달수의 허황한 말보다 실제적인 내용의 것이기에 설득력이 있다. 그는 황성에서 보낸 특사들은 백성들에게 구호물자를 주면서 달래려고 하는데, 그 구호물자는 화녀(禾女)국과 주월(主月)국에서 구걸해 온 것이라고 하면서 일시적인 눈가림에 속지 말자고 한다. 여기에서 화녀국은 일본을 말하는 것이고, 주월국은 청나라를 말하는 것이다. 배달호와 유달수는 구호물자를 받아야 한다고 떠들어댄다. 그들은 변절한 것이다. 고막봉은 여러 사람들에

게 자기들을 부당하게 지배하는 짐승들과 싸우자는 내용의 연설을 하고
신도들은 이에 동조하고 나선다.

막　봉　(관중들을 둘러 보며) 이제 여기 남은 여러분은 황성에서 보낸 특사
　　　의 감언이설에도 동요하지 않았고 유달수 배달호의 황당무계한 사이
　　　비 교리에도 현혹되지 않았소. 여기 남은 여러분이야말로 진정 믿음
　　　이 두터운 사람들이오. 한울님을 모시는 것은 바로 이와 같은 여러분
　　　의 결단이요 행동인 것이오. 이 땅에는 헐벗고 굶주리며 병들어 죽어
　　　가는 우리 이웃과 형제들이 여전히 윗천장 사람들에게 짐승처럼 취
　　　급당하며 살아가고 있소. 이에 우리는 인간 속에 있는 모든 짐승을
　　　없애라는 한울님의 가르침을 실행해야 하오. 이것이 한울님을 기르
　　　는 것이오. 여기에는 반드시 힘과 힘의 대결이 따르지 않을 수 없는
　　　것이오. 서로가 피흘려 싸우는 것을 우리는 결코 원치 않소. 하지만
　　　인간 속에 있는 짐승을 없애고 사랑과 믿음이 넘치는 한울님의 세계
　　　를 이룩하기 위해서는 피흘리는 싸움 없이 도저히 불가능하오. 피흘
　　　리지 않고는 아무것도 이루어지지 않는 것이오.
신도들　옳소. 옳소.
막　봉　지금 여기서 약 80리 떨어진 곳에 있는 한밭에서는 우리가 1년 동
　　　안 피땀흘려 지은 곡식을 쌓아 놓고 전부 황성으로 나르려 하고 있
　　　소. 자 우리가 먼저 그곳을 습격하여 이곳 백성들을 도탄에서 구해내
　　　고 우리의 이상과 풍운거사님의 뜻을 받들어 지상 낙원인 대동세계
　　　를 건설하도록 합시다.
신도들　옳소. 옳소.[25]

그러나 그들은 관군과 주월국 그리고 화녀국의 군대를 이길 수 없다.
해골과 탱크는 투항하면 목숨을 살려 준다는 고막봉의 말에도 불구하고
끝까지 목숨을 바쳐 싸울 것을 다짐한다. 그들은 '어차피 투항해 봐야 우
리에게 돌아올 밥은 없'으며 '굶어 죽으나 싸우다 죽으나 마찬가지'라는

---

25) 채희완·임진택 편, 같은 책, 441~442쪽

인식을 새롭게 하며 황성으로 진격한다.

이 작품은 동학혁명이 농민들을 중심으로 이루어졌다는 시각에서 동학혁명이 가지는 현대적 의미를 파악하고자 한 작품이다. 그래서 과거 사건의 재현이 아니라 이를 적절히 패러디화하여 보여 주고 있다는 데에 의미가 있다. 그리고 그 연행 방식도 서구적인 개념의 연극이 아니라 마당굿 혹은 마당극의 형식으로 보여 주어서 관객들에게 과거를 바탕으로 한 현실적 깨달음을 제공하였다는 의미를 가질 수 있다.

IV. 결 론

이상의 작품들을 논의하면서 문제가 되는 것은 동학혁명이란 무엇이며 전봉준은 어떤 인물인가 하는 점이다. 동학혁명은 우리 민족이 경험한 반봉건·반외세를 지향한 격렬한 몸부림이었다. 그리고 그 몸부림은 당대의 농민들과 동학도들을 중심으로 전개되었고 그 핵심에는 전봉준이 있었다. 그래서 전봉준은 역사에 실존하는 세계사적 개인이 된다.

루카치가 말한 역사극의 개념에 입각하면 이런 인물이 희곡의 주인공으로 적합하다고 한다. 그런데 동학혁명을 희곡작품의 제재로 설정하여 문학화하는 데에 있어서 일제강점 시대의 작품들은 동학혁명을 주인공 개인과 관련시키거나 우리 민족이 겪었던 하나의 사건으로 반영하는 정도였다. 즉 동학혁명은 구체적인 주창자가 없는 익명의 사람들에 의해서 전개된 사건인 듯이 묘사되어 있다.

그러다가 해방 이후의 작품에 와서야 동학혁명의 실체를 밝히고자 하는 연극적 노력이 있었음을 알 수 있다. 〈녹두장군〉이나 〈새야 새야 파랑새야〉에는 구체적인 주인공으로서 전봉준이 등장하고 있다.

해방 전과 후로 나누어서 동학혁명의 희곡적 반영양상을 나누어 볼 때, 일제 강점시대에는 동학혁명에 대하여 구체적이고 진실된 작품을 쓸 수 없었던 것이 아니었던가 하는 추측을 가능하게 한다. 이를 뒤집어 보면 일제의 한반도 강점의 과정이 갑오년 이후로 떳떳하지 못했음을 시사하는 것이기도 하다.

동학혁명이 일어난 지 올해로 110년, 일제가 쫓겨간 지 내년이면 60년이 된다. 그 사이에 많은 인물들이 명멸하였다. 그러나 역사적으로 위대한 일을 한 많은 인물들에 대한 문학적 탐구가 다양하게 이루어지지 못한 것이 사실이다. 희곡은 인물의 극적 형상화나 극적 생동화에 적합한 문학 장르이기 때문에 이러한 작업을 활발하게 전개할 만한 도구가 된다. 희곡작가들은 역사와 사회 그리고 객관적 현실에서 그러한 인물들을 발견하고 발굴해 내도록 해야 할 것이다. 즉 세계사적 개인으로서의 전봉준을 역사위인의 수준에서 고형화(固形化)하는데 그치지 말고 문학작품 속에서 살아 있는 인물이 되도록 해야 한다. 그래야만 거기에서 우리 민족에게 주어진 고난을 슬기롭게 극복할 수 있는 지혜를 얻어낼 수 있을 것이다.

 * 참고문헌은 각주로 대신함

『동승』의 대중성과 미학적 가치

이 경 호

(서울여대)

함세덕의 『동승』은 그의 초기 작품이면서도 그의 대표작으로 평가받고 있다. 이 작품은 1947년에 펴낸 그의 희곡집의 후기에 의하면 〈동아일보 주최의 연극 콩클에 참가한 무대상의 처녀작이다. 학창시대에 금강산에 천막생활 갔다가 마하연에서 본 사미승에서 얻은 환상이 이 작품을 집필케 한 동기다〉〈동아일보〉 주최의 연극 콩클이란 1939년에 개최된 제 2회 연극 경연대회를 말한다. 『동승』은 1938년에 결성된 연극단체 〈극연좌〉를 대표하여 유치친 연출로 1949년 3월 3일부터 3일 동안 〈부민관〉에서 〈도념〉이라는 제목으로 공연되었다. 그리고 이 공연으로 말미암아 함세덕이라는 극작가의 이름은 세간에 알려지게 되었다. 1930년대의 우리나라 신극운동을 주도해온 〈극예술연구회〉가 〈극연좌〉로 조직을 개편하게 된 데에는 정치문화적인 연유가 있다. 노제운에 의하면 〈함세덕이 창작활동을 시작한 1930년대 후반의 연극계는 1930년대 전반 극예술연구회를 중심으로 활발하게 전개되었던 신극운동이 상업화되고, 경향극단들의 전락과 신파극의 기승, 창작의 빈곤 등으로 기존 흥행극의 독무대라는 침체의 늪을 헤어나지 못한 채 혼돈과 무질서의 상황에 놓여 있었다.

특히 1937년 중일전쟁 이래로 '신체제'라는 표어 아래 자국내 문화활동
을 통제한 일제의 탄압적인 정책으로 '신협', '신축지', '극연좌' 등의 극
단들이 강제 해산되는 진통을 겪어야 했다.〉〈동승〉은 이러한 현실 아래
서 〈극연좌〉의 처음이자 마지막 공연이 되고 말았다. 그러나 〈극연좌〉가
해체되었음에도 불구하고 〈동승〉은 해방 이후와 오늘날에 이르기까지 장
르를 넘나들며 지속적으로 공연되어 연극계 안팎의 지속적인 관심과 대중
의 호응을 불러 일으키는 데 성공하고 있다. 참고로 그동안 이 작품이 공
연된 주요 내역을 살펴보면 1946년 〈이화여전〉에서, 1947년에는 〈교육연예
연구회〉에서, 그리고 1949년에는 〈마음의 고향〉이라는 영화로 제작 상영
되었으며, 비교적 최근의 기록을 살펴보면 1991년의 극단 〈연우무대〉 공연
과 1993년 극단 〈신협〉의 공연을 꼽아볼 수 있으며, 1990년대 초반에
MBC 특집 드라마로 제작 상영되고 2000년대에 들어서 다시 영화로 만들
어진 사실도 꼽아볼 수가 있다. 그렇다면 1930년대에 이 작품이 대중의
관심을 사로잡았던 요소는 무엇이며, 또한 이 작품이 오늘날까지도 연극
계 안팎에서 대중의 호응을 유지해올 수 있었던 이유는 무엇일까, 그리
고 그러한 대중성의 요소는 연극의 미학적 가치와 어떻게 조화되거나 갈
등을 불러일으키고 있을까. 이 글은 그러한 문제를 소략하게 다루기 위
하여 쓰여졌다.

　『동승』의 대중성은 이 작품을 최초로 공연한 단체가 〈극예술연구회〉
에서 〈극연좌〉로 명칭을 바꾸고 조직의 성격을 개편한 점에서부터 찾아
야 한다. 그러한 변화는 앞에서 노제운이 지적한 대로 신극이 상업화되
고 이념극이 퇴조하며 신파극이 기승을 부리고, 창작극의 빈곤과 흥행극
의 독주를 선보이던 시대환경에 영합하려는 전략을 내포하고 있는 것으
로 보인다. 그러나 『동승』의 형식과 내용은 그러한 시대의 경향을 단순
히 추수하기보다는 주체적으로 개선하고 극복하려는 요소들을 간직하고
있기도 하다. 그러한 요소들은 보편적인 주제와 내용을 도입한다는 점에

서 이념극의 영역을 탈피하고 신극의 상업화와 저질의 신파극에 저항하
면서 건강한 대중성의 기반을 마련해놓는 역할을 감당하고, 창작극의 새
로운 가능성을 열어놓는 역할도 떠 안는다. 그러나 무엇보다도『동승』은
치밀한 심리극으로서의 극작술을 유감없이 발휘함으로써 연극의 대중성
을 미학성과 결합시켜 놓는 성과를 이룩해 놓는다. 이러한 특징과 성과
들을 아우르며『동승』이 간직하고 있는 대중적 요소와 미학적 가치들을
구체적으로 살펴보도록 하자.

우선『동승』이 함세덕의 대표작으로 평가받고 있는 점에 대하여 〈작품
의 순수지향성이 그 이후의 변신에 대하여 상대적으로 참신한 예술작품
이라는 인식을 안겨주기 때문인 것으로 생각된다〉(서연호,『함세덕의 생
애와 작품세계』)는 지적은 문학사회학의 입장에서 불가피한 근거를 밝혀
주고 있다. 6·25 전쟁을 경험하고 반공을 국시로 삼는 남한에서 함세덕
의 대표작은 상당한 기간 동안 순수문학의 성격을 간직하고 있는 작품으
로 제한될 수밖에 없었을 것이다. 그리고 그러한 작품의 성격은 1930년대
라는 동시대에서는 생경하고 조악한 내용으로 이념을 선동하는 경향극에
식상해 있던 관객들에게 신선한 인상을 안겨 주었을 것이다.

『동승』의 가치를 등장인물의 성격과 연관시켜 〈수난받는 소년〉(김만
수,『소년의 성장과 새로운 세계와의 연대』)의 요소를 지적한 관점도 눈
여겨볼 만하다. 함세덕의 작품들에는 유난히 소년이 극이 주인공으로 설
정되거나 자주 등장하는 특징을 나타내고 있는데 그들은 모두 〈선함의
세계〉를 대표하는 존재들로서 〈극중 현실 속에서 세계의 포악성을 발견
해내고 마침내는 이러한 극중 현실 속에서의 발견을 점차 외부현실의 문
제로 확대해 나가도록 하는 수법을 함세덕이 즐겨 사용하고 있다〉는 것
이다.『동승』에 등장하는 인물의 성격을 〈수난받는 소년〉으로 설정한 관
점은 타당하지만 그러한 인물의 성격이 〈세계의 포악성을 발견해내는〉
역할을 수행한다는 주장은 이 작품에는 무리한 적용이라는 판단을 갖게

만든다. 『동승』의 주제와 서사구조가 내포하고 있는 낭만적 성격이 현실에 개입할 수 있는 주인공의 역할을 일정하게 제한하고 있기 때문이다. 이 점은 특히 최근에 개봉된 영화 [동승]에서 서사적 구성보다 주인공이 소년이라는 특징을 아름다운 자연의 풍광과 결합시켜 놓음으로써 순수의 미학을 강조하고 있는 점에서도 입증이 된다. 〈수난받는 소년〉의 모습이 〈가족서사〉의 테두리에 갇혀 있다는 점도 〈세계의 포악성〉을 발견해내는 역할과는 동떨어져 있는 현실을 입증해준다. 오히려 〈수난받는 소년〉의 모습이 모성에 대한 그리움과 모성을 탈환하려는 행동으로 대표되는 점이 이 작품의 대중성을 확보하는 기반이 되고 있는 사실을 주목할 필요가 있다. 주인공의 각성과 현실개입을 초래하는 모성의 탈환은 열린 세계가 아니라 가족이라는 비교적 〈폐쇄적이며 자족적인 공동체〉를 지향하고 있는 것이다. 이와 같이 〈폐쇄적이며 자족적인 공동체〉를 지향하는 인물의 역할은 열린 세계로의 낯선 모험을 꿈꾸면서도 그러한 모험을 실천에 옮기기를 두려워하는, 그리하여 늘 안정된 삶의 테두리 속에 머물기를 원하는 대중의 심리상태를 충족시켜 준다.

여기에서 〈모성애〉라는 주제가 환기시킬 수 있는 대중적 관심을 지적할 필요가 있다. 이 작품에서 〈모성애〉는 인간의 사랑을 무력화시키거나 금기시하는 사찰이라는 공간 속에서 더욱 절실한 호소력을 부여받는 효과를 누리고 있다. 게다가 〈모성애〉의 주체가 소년이라는 점에서 사랑의 가치는 〈순수성〉이라는 부가가치를 획득하게 된다. 〈순수성〉은 인간의 사랑을 무력화시키거나 금기시하는 사찰의 원리에 틈을 내면서 사랑의 보편적 가치를 일깨우는 데 이바지한다. 이러한 사랑의 테마는 멜로드라마의 전형을 구축함으로써 대중적 정서의 공감대를 마련하는 역할을 수행한다. 결국 〈모성애〉와 〈순수성〉은 가혹한 현실로부터의 도피라는 심리적 효과를 관객에게 안겨다 준다. 이 작품이 갖는 낭만적 효과는 바로이 점과 밀접하게 연관되어 있다.

도념: 스님, 제 잘못은 제가 압니다.
주지: 이 토끼를 잡은 잘못두 안단 말이냐?
도념: 네.
주지: 알면서 웨 했니?
도념: 아씨 목도리 둘루신 게 어떻게 이쁜지, 나두 어머니가 데리러 오신
　　　다면 디릴려구 맨들었습니다.

　이 작품에서 가장 관객의 연민을 지극하게 끌어올리는 역할을 감당하
는 대목이다. 이 대목은 주인공 도념이 불당에 토끼를 사냥하여 그 가죽
을 모아놓은 것을 주지 스님께 들켜 용서를 빌며 행동의 동기를 밝히는
내용이다. 살생은 불가에서 금하는 계율 위반의 첫 번째 사항이다. 도념
은 사찰의 금기를 위반함으로써 주지 스님과 가장 극한 대립의 관계를
만들어내게 된다. 그런데 살생이라는 금기는 소년의 순수한 모성애로 말
미암아 균열이 생겨난다. 이러한 균열의 효과가 만들어내는 가혹한 현실
로부터의 도피 효과가 대중의 공감을 불러 일으키고 있는 것이다.
　이 작품에서 사찰이라는 장소가 속세와 동떨어진 〈폐쇄공간〉의 위치에
머물러 있지 않다는 점도 주목할 필요가 있다. 무대 배경으로 〈동리에서
멀리 떨어진 심산고찰〉을 설정했음에도 불구하고 그 절은 속세와 자연스
럽게 소통할 수 있는 특징을 간직하고 있다. 극의 초반부에 〈도념, 물지게
에 걸터 앉인 채, 멀거니 동리를 내려다보고 있다〉는 지문이 등장하는 것
으로 보아 그 절은 심산에 위치해 있음에도 불구하고 속세가 훤하게 내려
다보이는 전망을 확보하고 있다. 이러한 절의 특징은 〈이 사방이 탁 트인
산간에서 동네 내려가고 싶어하는 녀석이 서울 행길에 안 나가려구 하겠
습니까〉라는 주지의 대사에서도 확인이 된다. 또한 이 절은 속세에 대한
그리움과 욕망을 펼쳐 보이는 〈비탈길〉도 간직하고 있다. 〈동리 어린이들
한패가 산문에서 나와 인수의 노래를 따라 부르며 비탈길로 내려간다. 도

념, 나무에 기대서서 어린 아해들을 멀거니 바라본다 무슨 설움이 복받치는지 나무에 얼굴을 파묻고 허회한다.〉라는 작품의 내용에 대하여 〈인수의 퇴장으로 미루어 볼 때, 위의 무대에는 산을 내려갈 수 있는 비탈길이 설정되어 있으며, 이 길은 산을 내려가는 비공식의 길로 동리 아이들이 주로 이용하는 길임을 알 수 있다. 아울러 이 길은 도념이 토끼덫을 설치해 놓은 그만의 비밀의 길이며 속세로 향한 그리움을 달래는 길이기도 하다. 그러나 도념에게 이 길은 현실적으로는 단지 토끼를 잡기 위한 길로 한정되어 있는 단절의 길일뿐이다. 그런 반면 동리 아이들은 이 비탈길로 속세를 향해 '당당하게' 내려갈 수 있으며, 바로 그것을 도념은 부러워하고 있는 것이다.〉(양승국, 〔〈동승〉의 공연 텍스트적 분석〕)라고 분석하는 관점은 예리하다. 그 비탈길에 의하여 사찰은 속세와 내통하게 되고 그 비탈길로 말미암아 주지 스님과 도념의 갈등은 야기되고 도념의 모성에 대한 그리움이 증폭되며 마침내 도념의 속세로 나아가는 결과가 만들어지게 된다. 이러한 사찰의 이중적인 공간성이 모성에 대한 그리움을 절실하게 부각시켰다는 점도 극의 대중적 공감 기반을 마련하는 원인으로 작용하였다고 판단된다. 더구나 이러한 사찰의 공간성은 자연의 낭만적 역할과 결합되어 있기도 하다.

도념: 인수아버지, 정말 바른대로 얘기해주세요. 우리 어머닌, 언제 오신다구 하셨어요.
초부: 내년 봄보리 비구 나면 오신다드라.
　　　……(중략)……
도념: 여섯 달을 또 어떻게 기대려요?
초부: 눈 꿈쩍할 사이야.
도념: 또, 봄보리 비구 나서 안 오시면, 도라지 꽃이 필 때 온다구 넘어갈랴구?
초부: 이번만은 장담하마. 틀림없을 게다.(도념의 팔을 붙들고 백화목 밑으로 끌고 가며)

이리 오느라. 내가 여섯 달을 빨리 기대리는 법을 가르쳐주마.
도념: 그만둬요. 또 속일랴구?
초부: 한번만, 더 속으려무나.

　　초부, 도념을 나무에 세우고 머리 우에 세 치쯤 간격을 두고 도끼를
들어 금을 긋는다.

도념:(발돋움을 하며)이거 너무 높지 않아요? 작년 봄에 그은 금은, 두치밖
　　에 안 됐어요.
초부: 높은 게 뭐니? 네가 이 금까지 자랄 땐, 여섯 달이 다 가구, 뒷산엔
　　꾀꼬리가 울구, 법당 뒤엔 목련꽃이 화안히 필 게다. 그럼 난 또 보리
　　를 비기 시작하마.
도념: 눈이 오나, 비가 오나, 하루 안 빠지구 아침이면 키를 재봤어요. 그
　　은 금까지 키는 다 자랐어두, 어머니는 안 오시든데요 뭐?

　극의 초반부에 해당하는 위의 내용에서 모성의 그리움은 자연과 결합되
어 있다. 기다림은 사계절의 순환과 그 순환에 발맞추어 자라나는 자연의
생명력을 척도로 삼는다. 그리하여 자연은 소년의 모성에 대한 그리움을
달래주거나 키워주는 역할을 감당한다. 소년의 모성에 대한 그리움은 자연
의 옷을 껴입으면서 순화되고 심화된다. 특히 자연에 순응하는 삶을 살아
가며 자연을 대변하는 역할을 떠맡는 것처럼 보이는 초부의 역할이 소년
이 삶의 과정에서 마주치는 사건마다 해결과 조력의 실마리를 제공한다는
사실도 눈여겨볼 필요가 있다. 자연을 통해 현실의 욕망을 이상적인 것으
로, 그리고 신비로운 것으로 변화시켜주는 낭만적 속성은 이러한 공간의
성격과 연루되어 있으며 이러한 낭만성이 이 작품의 대중적 지지기반을
확산시켜 놓는데 일조하였다는 사실을 부정하기는 어렵다.
　또한 위의 초반부 내용은 이 작품이 간직하고 있는 서정성을 입증하는
사례로서도 주목할 만한 가치를 지닌다. 〈이 작품은, 사태의 전개가 긴밀
한 짜임새를 갖추고, 환경적인 분위기와 인물 각자의 의지와 심리를 섬

세하고도 진실하게 서정적으로 잘 드러냄으로써, 식민지시대 찾아보기
어려운 리얼리즘의 본보기를 창출하였다〉(서연호, 〔함세덕의 생애와 작
품세계〕)는 지적은 이러한 대목을 겨냥하고 있다. 서연호 교수는 아예
〔동승〕을 〈시적 리얼리즘이라 할까, 아니면 서정적 리얼리즘이라는 개념
이 무색하지 않은 수작〉이라는 고평도 서슴지 않는바, 이러한 고평은 모
두 작품 속의 등장인물들이 갖고 있는 심리상태를 자연의 사물에 빗대어
함축적이며 리듬감 있는 언어로 표현해놓는 솜씨에 대한 것이다. 자연의
사물을 이용하여 인물의 심리상태를 절제된 언어로 표현해놓는 솜씨는
다음과 같은 대목에서도 확인해볼 수가 있다.

> 미망인: 어머니두 나처럼 생기셨다니까, 지금 나처럼 부잣집에서 사실 거
> 야.
> 도념: 아니에요. 고생하실꺼에요
> 미망인: 어떻게 알어?
> 도념: 지난 정월 보름날 잣불을 키워 봤드랬어요. 스님께서, 도념 어머니가
> 잘 사나 못 사나 보자구 하셔서 모두들 돌아앉어 켰드냈는데, 어머니
> 불이 그냥 피시시   죽겠지요

　기다림의 실현을 사계절의 순환과 연계시켰던 마음가짐은 어머니의
형편을 잣불의 모양으로 짐작해내는 마음씨로 연계되어 있다. 이러한 표
현 능력은 대사의 공감대를 추상으로부터 구체로 전환시키는 만큼 공감
의 절실함을 배가시킨다. 서정적 문체에 기대는 심리 표현은 바로 그점
에서 대중성을 부추길 뿐만 아니라 작품의 미학적 측면도 충족시켜 주는
역할을 감당한다.
　그러나 무엇보다도 이 작품의 서사적 구성에 활력과 박진감을 부여하
여 대중의 관심을 사로잡고 작품의 미학적 가치를 드높이는 데 결정적으
로 기여하는 것은 등장인물의 〈입체적 성격〉과 〈뛰어난 드라마트루기와

밀도 있는 대사〉(김성우, 〔함세덕의 무덤 앞에서〕)를 부려내는 솜씨일 것이다. 유민영 교수는 〔동승〕의 가치를 〈일찍이 다른 작가에게서 볼 수 없는 짜릿한 맛이 나는 낭만극〉(〔사실과 낭만의 조화〕)이라고 진단한 바 있는데, 〈짜릿한 맛이 나는〉이라는 표현이야말로 등장인물의 〈입체적 성격〉과 〈밀도 있는 대사〉가 상호조응하여 빚어내는 효과를 지칭하고 있는 것이다.

이 작품이 제시하는 등장인물의 〈입체적 성격〉은 미망인과 주지 스님, 그리고 주인공 도념의 변화되는 모습 속에 표현되어 있다. 먼저 미망인은 극의 초반부에는 소년에게 자상하고 헌신적인 태도를 보여주다가 극의 후반부에 이르면 자기도취적인 면모를 보여주며 마지막 부분에 이르러서는 즉흥적인 체념의 상태로 바뀌는 모습을 보여준다. 주지 스님 또한 극의 초반부에는 자애로운 모습을 보여주다가 후반부에는 불교의 금기를 강조하며 엄격함과 분노에 휩싸이는 모습으로 변화된다. 그러나 무엇보다도 입체적으로 변화되는 역할은 주인공 소년 도념에게 맡겨져 있다. 도념은 극의 초반부에는 어머니를 기다리고 사찰의 규범에 순종하며 살아가는 순진한 모습을 보여주다가 극의 후반부에 이르면 어머니에 대한 자신의 욕망을 적극적으로 표현하고 그것을 관철하기 위하여 수단방법을 가리지 않으며 주지 스님과 정면으로 대립하는 문제적 인물로 변화되는 모습을 보여준다.

도념: (홀연히) 스님, 전 세상에 가서 살고 싶어요.
주지: 닥듸려. 무얼 잘했다구 또 그런 소릴 하구 있니?
도념: 절더러 거짓말한다구만 마시구, 저한테 어머니 계신 데를 가르쳐주십쇼.
주지: 네 에미란 대죄를 지은 자야. 너에겐 에미라기보다 대천지 원수라는 게 마땅하겠다. 파계를 한 네 에미 죄의 피가 그 피를 받은 네 심줄에 가득 차 있으니까, 너는 남이 한 번 헤일 넘주면 두 번 헤어야 한

다.

<blockquote>도념: 웨 밤낮 어머니 욕만 하십니까? 아름다운 관세음보살님은 그 얼굴처
럼 마음두 인자하시다구 하시지 않으셨어요? 절에 오는 사람마다 모
두들 우리 어머니는 이뻤을 것이라구 허는 걸 보면 스님말씀 같은
그런 무서운 죄를 지으셨을 리가 없어요.</blockquote>

도념의 성격 변화는 갑작스러운 것이라기보다 이미 예비되었던 것이
라고 보아야 한다. 사실은 〈입체적 성격〉이란 이처럼 극중 현실의 전개
과정에서 자연스럽게 변화가 도모되어야 하는 것이다. 성격의 변화가 나
름대로 그럴 듯한 변화의 계기와 과정을 품고 있어야 하기 때문이다. 토
끼의 살생은 극의 후반부에 이루어진 것이 아니라 극의 전반부부터 감추
어져 있던 진실일 따름이다. 그런 점에서 미망인의 입양을 가로막는 주
지 스님의 태도가 모성에 대한 그리움을 슬픔으로 간신히 억누르는 일에
단련되어 있는 도념의 마음에 저항의 불씨를 당겼을 법하다. 이처럼 인
물들의 성격 변화는 인물들끼리의 관계를 갈등과 대립으로 치닫게 만드
는 역할을 감당한다. 그리고 그러한 갈등과 대립이 관객을 긴장시키면서
연극의 상황 속으로 끌어들이려면 밀도와 추동력을 지닌 대사를 부려놓
는 솜씨를 극작가가 과시해야만 한다. 연극의 사건과 서사를 이끌어가면
서 극에 생동감과 리얼리티를 부여하는 효과가 바로 여기에서 생겨나기
때문이다. 연극이 갖는 대중성의 가장 큰 묘미는 순간적인 현장성을 관
객이 만끽할 수 있게 해주는 것인 바, 순간순간 관객의 관심을 사로잡고
극의 긴장을 유지해야 한다는 점에서 밀도와 추동력을 지닌 대화를 이끌
어내는 솜씨는 드라마트루기(극작술)의 핵심에 해당하는 것이다.

<blockquote>주지: 이게 무슨 죄 받을 소리니? (조용히 달래며) 도념아, 너 저 연못을
봐라. 오월이 되면 꽃이 피고, 잎사귀엔 구슬 같은 이슬이 굴르고 있
지 않니? 저렇게 잔잔한 연못두 한겹 물만 퍼내구 보면 시꺼먼 개흙
투성이야. 그것뿐인 줄 아니? 십 년 묵은 이무기가 용이 되서 하늘로</blockquote>

올라갈랴구 혓바닥을 낼름거리며 비 오기만 기대리구 있단다. 동네
두 꼭 저 연못과 마찬가지야. 겉으루 보면 모두 즐겁구 평화한 듯 하
지만 속에는 모든 죄악과 진애가 들끓는, 그야말루 경문에 아로삭혀
있는 그대루 오탁의 사바니라.
도념: 아니에요. 모두들 그렇지 않대요. 연못 속에는 연근이라는 맛있는
뿌럭지가 있지, 이무기는 없대요.

이 대목은 극의 거의 마지막 부분에 이르러 주지 스님과 도념의 주장
이 갈등의 최고치에 도달한 상황을 표현하고 있다. 두 사람의 입장은 주
장을 밝히는 표현과 어조에서 선연하게 구별되면서 한 치의 긴장도 늦추
지 않는 대립의 효과를 절실하게 만들어내고 있다. 먼저 스님의 어조는
나지막하다. 그러한 어조는 설득의 내용을 전달하는 말투이다. 그 말투의
내용은 구체적인 사물의 비유를 동원하여 소년이 충분히 호기심을 느끼
고 설득 당할 만한 것이다. 속세의 더러움을 겨냥한 그것의 내용은 그러
나 소년의 높고 단호한 어조에 의하여 여지없이 격파된다. 소년의 말투
는 높고 빠른 어조에 걸맞게 설득의 내용을 담고 있지 않다. 그 내용은
주지 스님의 긴 호흡과 대조적인 짧은 호흡으로 구성되어 있다. 속세의
더러움을 맛있는 보람으로 부정하는 소년의 당차고 재치 있는 말투는 관
객의 탄성과 공감을 자아내게 만들기에 조금의 부족함도 없다. 이처럼
심리적 갈등을 치밀하게 표현해내며 극의 긴장을 이끌어내는 역할을 감
당하는 대화 처리의 극작술이야말로 연극의 대중성과 미학적 가치를 동
시에 아우를 수 있는 비장의 무기라 칭할 만하다. 함세덕의 연극은 바로
이 점에서 빼어난 가치와 보람을 챙기고 있는 셈이다. 그러나 문체와 연
관된 이러한 드라마트루기의 면모는 아직도 충분하게 규명되고 있지 못
하다. 그것의 가치는 어쩌면 1930년대의 시대적 환경을 뛰어넘어 오늘날
의 연극적 현실에서도 유의미한 영역을 확보하고 있을 것이다. 그것의
가치가 밝혀지고 누려지기를 바란다.

1960년대 북한 아동극의 한 양상

나 덕 기

(상주대학교)

Ⅰ. 머리말

북한의 아동 문학은 "전후에 아동들을 사회주의적 애국주의로 교양하며 그들로 하여금 우리 나라 미래의 훌륭한 주인공들로 형성시키는 문제가 우리 문학 특히 산문 분야에 중요한 과업으로 제기되었기 때문이다."[1] 라는 말에서 볼 수 있듯이 기성세대의 사상 개조도 중요한 문제였지만, 해방 후에 새롭게 태어난 신세대들을 처음부터 사회주의 사상으로 무장시켜야 하는 중요한 문제를 가지게 되었다. 이처럼 북한의 아동문학에서 아이들은 '혁명적 아동문학'으로써의 혁명적 과업을 계승해나갈 미래의 주인공으로 간주되며, 새로운 사회주의 국가 건설의 튼튼한 후비대로 여겨졌다. 뿐만 아니라 새롭게 성장하는 북한의 소년들을 중심으로 소년단을 조직하게 된다. 당 문예정책은 이들 소년단원들에게 항일 혁명전통을 계승할 뿐만 아니라 전후 산업 복구와 새로운 사회주의 국가 건설에 앞

---

1) 윤재근 · 박상천, 『북한의 현대문학 Ⅱ』, 고려원, 270쪽

장설 것을 요구한다. 이러한 제반적 기능을 수행해야 하는 북한의 혁명적 아동문학은 그 내용과 성격에 따라 다양하게 나누어진다. 극적 방식으로는 동극, 경악극, 노래 이야기(동요극 또는 유희동요), 무용 대본 등으로, 그리고 아동 시가로는 동요, 동시, 구전 동요, 송시 등으로 나누어진다. 이러한 혁명적 아동문학의 대상으로는 인민학교와 고등중학교 학생들까지 포함한다. 남한으로 치자면, 이들은 주로 12세에서 15세에 해당하는 초등학교 고학년과 중학생들 정도이다.

그리고 북한의 아동문학사도 그들의 문학사처럼 아동 문학 자체의 전개 과정보다는 정치체계의 변화와 그에 따른 문학 예술 정책의 방향으로 이루어져 왔음을 간과할 수 없다. 이는 북한의 이념적인 정비와 사상을 담당했던 당 정책에 의해 모든 문학과 예술적 행위가 통제되었음을 말해 주는 것이다. 그러기에 북한의 아동문학은 '어린이의 동심'을 그려내는 문학이라기보다는 당 정책의 목적과 사명에 맞게 지향하는 혁명적 아동 문학이다.

따라서, 1960년대 북한의 혁명적 아동 문학(특히 연극)은 항일 혁명전통과 주체문예를 통한 김일성 우상화를 형상화하였다. 뿐만 아니라 사상과 기술혁명으로 공산주의 건설을 새로운 목표로 하는 천리마 운동을 형상화하였다. 즉 공산주의적 새 인간형과 기술혁명을 통한 증산 운동을 형상화하고 있다.

글은 1963년 아동도서 출판사(평양)에서 발간한 북한의 소년단예술써클 자료집 『즐거운 우리 무대』에 수록된 동극 〈오누이〉, 〈은방울 꽃〉과 경악극 〈배나무집 오누이〉, 〈바다는 우리 실습장〉 등을 중심으로 1960년대 북한의 문예정책과 북한 아동극의 한 면모를 간략히 살펴보고자 한 것이다. 보다 많은 북한의 동극과 경악극을 접해보지 못한 필자가 논의의 위험성을 감수하면서 이 글을 쓰고자 마음먹었던 것은 부족한 자료를 통해서라도 1960년대 북한 아동극의 한 단면을 볼 수 있는 기회를 가지

자는 생각에서 비롯되었음을 밝힌다. 이처럼 가능한 범위 내에서 1960년
대 초반 북한의 아동극을 살피는 일은 오늘날 북한의 극문학을 또 다른
측면에서 이해할 수 있다는 의미를 안게 된다.

Ⅱ. 1960년대 북한의 문예정책과 아동극

1. 항일 혁명 전통과 주체적 문예의 전통

북한은 1950년대 말부터 항일 혁명 전통에 대한 새로운 조명을 시작하
였다. 항일 혁명 문예는 항일 무장 투쟁의 영웅적 모습들을 형상화하는
데 그 의의를 갖고 있다. 그것은 인민들과 유격대원들의 입장에서 '새로
운 북조선 건설'을 반영하였고, 북한이 요구하는 혁명적 정신의 높이를
보여주는 것이다. 다시 말해 항일 혁명문예는 민족적 특성을 구현한 공
산주의 문예운동의 출발점이었다고 볼 수 있다. 항일 혁명의 역사가 새
로운 북한 건국의 역사로 간주되었던 것처럼 항일 혁명문예는 주체적 문
예전통을 마련하려는 시발점으로 보았다. 즉 김일성이 이끈 항일 혁명
역사가 공산주의 사상과 공산주의자의 전형을 보여준 유일한 전통으로
간주되었기 때문이다.

이러한 항일 혁명 전통의 계승은 북한 아동들에게로 이어지게 되었다.
실제로 1960년대 초반에 창작된 작품들 속에서 항일 혁명 전통의 계승을
살필 수 있다. 특히 소년 단원의 활동을 부각시킴으로써 김일성의 항일
혁명을 더욱 강조하고 있다. 이는 북한 문예 정책이 항일 혁명 전통의 계
승자로 북한 소년들의 활약상을 형상화하고 있는 데서 알 수 있다. 즉

1930년대의 항일 혁명전통을 소재로 하여 혁명적이고 영웅적인 인물을 묘사하고 있다. 이러한 모습들은 리윤성의 동극 〈오누이〉와 리정희 作, 리유진 曲의 경악극 〈배나무집 오누이〉를 통해 살펴보기로 하자.

1-1. 항일 혁명 전통의 형상화 − 〈오누이〉

이윤성의 〈오누이〉는 1930년대 동북 만주 어느 부락의 단옷날 오후에 있었던 소년단원들의 활동을 다루고 있다. 막이 열리면 명절인 단옷날인데도 불구하고 말울음 소리, 마차 모는 소리, 감독 놈의 고함 소리, 때리는 소리, 신음 소리 등이 음향효과로 애절하게 들려 온다. 주인공 순이는 이 모든 소리가 왜놈들과 부자놈들 때문이라고 생각하고 그들에게 분풀이라도 하듯 구정물을 뿌린다. 그런데 마을 지주이며 위만 경찰서 분서장인 왕가의 딸인 밍랑의 옷에 물방울이 튀게 된다. 왕가와 밍랑은 순이를 거지 취급하면서 매질을 할 뿐만 아니라 빚을 빨리 갚으라고 윽박지른다. 그러면서 왕가는 밍랑에게 내일 모레 일본 군대가 공산군을 토벌하면 더 이상 피난 가지 않아도 되며, 거지같은 조선인들을 마음대로 다룰 수 있다며 위로한다.

왕가와 밍랑이 사라진 뒤 참았던 울음을 터트린 순이를 오빠 순돌과 갑룡이 위로해주고 6년 전 고향의 봄을 생각한다. 이때 아버지의 빚 때문에 왕가의 집에서 머슴사는 주쾅이 이들 오누이를 바라본다. 주쾅은 자신의 팔자를 탓하면서도 지주인 왕가의 만행에 대해서는 인식을 하지 못하고 있는 인물이다. 이러한 주쾅에게 아동단원인 순돌은 "팔자 소관이 아니라 부자놈들의 욕심 때문에 소나 말처럼 일을 하고 있음"을 일러준다. 아울러 다음과 같이 유격대의 정당성에 대해 이야기 해준다.

순돌 : 주쾅! 저 놈들이 왜 유격대를 무서워하는 줄 알겠니? 유격대들은(목
　　　소리를 낮추어) 왜놈의 세상을 때려 부시구 놀고 먹는 놈들을 없애

버리구 부지런히 일하는 사람들이 잘 사는 세상을 만들자는 사람들
　　　　이거든.
주쾅 : 넌 어떻게 그런 걸 다 아니?
순돌 : 내가 알긴 뭐. 주쾅 네가 왜 아버지가 진 빚 대신 왕 서장네 머슴을
　　　　살아야 하는가를 생각해 봐.
주쾅 : 난 너와 친해지면서 아직 모르던 세상을 알게 된 것 같애. 그런데 순
　　　　돌아, 어제 일본 군장교 하나가 술 먹으며 왕가더러 하는 말이 만군
　　　　하구 일본 군대 수백 명이 이리루 온데, 아마 우리 부락에 둥지를 틀
　　　　구 유격대를 친다는 것 같아.
순돌 : 주쾅, 그놈들이 하는 일을 잘 알아봐.[2]

이상과 같이 순돌은 일제의 만행과 지주들의 착취를 폭로하고 있다.
반면에 주쾅은 순돌을 통해 차츰 자신의 처지를 깨달아가고 있다. 그러
면서 왕가 집에서 일본 군대와 만주 군대가 유격대를 칠 것이라는 사실
을 전해주는 역할을 수행하고 있다. 순돌은 이 정보를 김선생에게 전하
기 위해 집을 나선다.

이때 이러한 정보를 입수한 여공작원이 왕가의 조카딸로 위장하여 나
타난다. 여공작원은 순돌을 통해 다시 한 번 정보를 확인하고 그에게 임
무를 부여한다. 순돌이 받은 임무는 포대 폭파를 위해 강포수에게 쪽지
를 전하는 일과 아동단 조직을 이용해 격문을 뿌리는 일이다. 그리고 강
포수가 "좋다"라는 말을 하면 정각 7시에 나무에 흰 빨래를 거는 일이다.
격문을 뿌리는 일은 아동단 조직들이 맡기로 하고, 순돌은 강포수에게
쪽지를 전하기 위해 나선다. 순돌이 나서는 순간 위만 경관 백가가 등장
하여 순돌을 의심할 뿐만 아니라 몸수색까지 한다. 이러한 위기의 순간
에 여공작원이 등장하여 왕가의 조카딸인 것처럼 위장하여 순돌을 데리
고 나간다. 그리고 민망해하던 백가가 물을 마시는 틈을 타서 순이는 백
가의 총에 흙을 집어넣는다. 그런데 순돌의 집을 나선 백가는 순돌이 찾

---

2) 소년단예술써클자료집, 『즐거운 우리 무대』, 1963, 아동도서 출판사(평양), 8쪽.

아가기로 한 강포수 아저씨네로 가버린다. 이에 임무 수행에 초조해하는 순돌을 본 순이는 자진해서 백가를 유인해낸다.

한편 만찬에 갔던 왕가와 밍랑이 등장한다. 백가는 왕가에게 조카딸 향랑이 왔음을 알리지만 밍랑은 향랑 언니는 지금 수학 여행 중이라는 사실을 왕가에게 전한다. 이상한 낌새를 알아차린 왕가는 순이와 순돌을 회유하기도 하고 다그치기도 한다. 하지만 이들 남매는 끝까지 사실을 숨긴다. 방을 뒤지던 백가가 여공작원의 트렁크를 발견하자 왕가는 순돌의 목을 조르고 지팡이와 만년필로 순이를 찌르고 비튼다. 이때 7시 종이 울리자 순돌은 모든 것을 자백하겠다고 한다. 그리고는 여공작원이 자신에게 '흰 빨래'를 나무가지에 걸어 달라고 했다면서 고목 나무에 '흰 빨래'를 건다. 그 다음은 자신도 모른다고 시치미를 뗀다. 그러자 백가가 순돌을 향해 총을 겨눈다. 바로 그 순간 북문 포대와 남문 포대가 폭발하는 꽹음이 들려 온다. 놀란 왕가와 백가에게 순돌은 '흰 빨래'의 비밀을 알려주자 백가는 그에게 방아쇠를 당기지만 자폭하고 만다. 그리고 주쾅이 순돌과 순이를 살리기 위해 왕가의 집에 불을 놓는다. 왕가는 실성한 듯이 달려가지만 잠시 후 총소리와 함께 왕가의 비명이 들려 온다. 공작원과 손돌의 형인 순철이 등장하여 이들의 임무 수행을 치하하면서 다음과 같이 막이 내린다.

공작원 : 순아! 순돌아! 잘 싸웠다. 우리 유격대는 너희들과 같은 수많은
　　　　미래가 있기에 강하다.
　　　　△ 아동단원들이 급히 뛰어든다.
아동단원 : 순돌아! 저기 너의 형님이 와.
　　　　△ 둔덕에 순철이 나타난다.
　　　　　　… 중 략 …
순철 : 장하다. 너희들이 싸운 얘긴 다 잘 들었다. 너희들이야말로 장군님
　　　　의 참된 아들 딸들이다.

△ 유격대 행진곡 들려 온다.

순철 : 자! 보아라 장군님의 품 속에서 자란 저 유격대를!

　△ 모두 둔덕에 올라 서서 기쁨에 넘쳐 〈만세〉를 부른다.
"김일성 장군 만세", "유격대 만세", "조선 독립 만세", "아동단 만
세"(순철과 공작원의 목소리) "만세, 만세"

　△무대 불은 점점 어두워지고 붉은 광(?)과 그 화광에 붉어진 오누
이의 얼굴만 남을 때 혁명가요 계속 울린다.　－막－3)

이처럼 〈오누이〉는 김일성과 유격대 그리고 아동단의 연계성을 강조
한다. 이를 통해 북한의 아동 문학도 항일 혁명 문학의 전통 계승을 내세
워 아동극 전개에 적용해 나간 것임을 알 수 있다. 이는 김일성이 이끌었
던 항일 혁명투쟁에 대한 공감과 가치를 반영하려고 했을 뿐만 아니라
성장하는 소년들에게 김일성의 항일 투쟁 의식을 고취시키고자 했던 것
으로 여겨진다.

그러나 당시 일제의 발악적인 책동이 원만하게 형상화되지 못하고 단
지 계급적 모순을 파헤치고 지주 자본가에 대한 투쟁 의식을 고취하는
정도에 머물렀던 감이 없지 않다. 정작 나아가야 할 조선 혁명에 관한 주
체적인 노선을 받들고 일제에 항전하는 참다운 혁명적 아동극을 창출하
지 못했다는 점이 아쉽다.

1-2. 김일성 우상화를 통한 주체 문예의 형상화 － 〈배나무집 오누이〉

이 작품의 시간적 배경은 1930년이며, 공간적 배경은 함북 무산의 어
느 산간마을로 설정되어 있다. 막이 열리면, 보배는 노래를 부르며 배를
따고 있고 곧이어 지주 아들인 용세가 등장해서 배나무는 자기 아버지인
강주사 것이라며 배를 따지 못하게 한다. 보배 아버지가 도망을 가면서
강주사에게 진 빚을 다 갚지 못했기 때문에 집과 땅을 다 뺏기고, 보배와

---

3) 앞의 책, 15쪽.

보배오빠인 바우는 강주사네 집에서 일을 해주고 있는 상황이기 때문이다.

아버지의 추억이 서린 배나무로 인한 바우와 용세의 다툼이 있은 후, 보배는 바우로부터 아버지가 목재판에 간 것이 아니라 '김장군 유격대'에 들어가 항일운동을 하고 있다는 아버지와 관련한 이야기를 듣고 자랑스러워한다.

한편, 이 작품의 주인공이라 할 수 있는 바우는 두만강 건너 왕청〔아동단〕에 대한 김일성 장군의 자상함과 사랑을 다음과 같이 설명해 준다.

> 바우 : 그 선생님은 저 두만강 건너 왕청에 있는 아동단원들이 장군님의
> 　　　 사랑 속에 어떻게 지내는가를 말해 줬어.
> 일동 : 그래서……
> 바우 : 장군님은 말이야, 아동단원들의 숙소를 사령부 곁에다 짓게 하구
> 　　　 늘 그 애들의 생활을 돌봐 주신다고 하지 않어. 그리구 저녁이면
> 　　　 우등불가에 아이들을 모아 놓구 재미나는 전투 이야기도, 토끼전,
> 　　　 홍부전 이야기도 하여 주신대.
> 선희 : 오빠, 홍부전은 착하고 어진 홍부와 심술꾸러기 놀부에 대한 이야
> 　　　 기지?
> 바우 : 그래. 그리구 거기서 아이들은 〔아동단〕이라는 조직에서 일본놈과
> 　　　 직접 싸우는 법도 배우고 재미있는 유희두 많이 배우고 옷두 꼭
> 　　　 같이 입고 공부도 참 잘하구 있대.
> 후남 : 우리도 언제면 왕청 아이들처럼 될까?
> 바우 : 애들아 인제 여기에두 유격대 아저씨들이 나타나서 우리를 못 살
> 　　　 게 구는 일본놈들을 쫓아내면 왕청 아이들처럼 될 수 있대.[4]

이처럼 바우는 마을아이들에게 박 선생으로부터 들은 김일성 장군의 활동을 통해 영웅적 인물로 우상화하고 있음을 볼 수 있다. 이야기를 전

---

4) 소년단예술써클자료집, 『즐거운 우리 무대』, 아동도서 출판사, 1963, 25쪽.

해들은 아이들은 용감한 아동단원이 되어 장군님의 품에 안기고 싶어한다. 즉 혁명적 영웅의 모습과 자애로움을 통해 김일성을 우상화하고 있다고 보여진다.

이때, 막동이 급히 등장해서 일본순사들이 '김장군 유격대'에 간 바우 아버지를 찾기 위해서 바우를 잡으러 온다고 전한다. 마을아이들이 바우와 보배를 숨겨줄 방법을 찾고 있을 때 지주아들 용세가 들이닥치고, 막동과 칠성이 기지를 발휘해서 바우와 보배를 무사히 도망시킨다. 아버지에게 드릴 배를 따는 보배에게, 마을 아이들은 돌배나무를 지켜주겠다고 약속하면서 장군님께 자기들도 장군님의 전사가 되고 싶어한다고 전해달라고 말한다.

2. 천리마 시대의 문학적 전통

1961년 이후 북한의 문학은 '사회주의의 전면적 건설과 사회주의의 완전 승리를 앞당기기 위한 투쟁 시기'5)라는 주제 아래 논의되었다. 따라서 1960년대 이후의 역사는 사회주의의 완전 승리를 목표로 하는 혁명 운동을 지향한다. 이 시기에 제기된 '천리마 운동'은 사회주의 전면적 건설을 위한 투쟁의 수단으로 집약된다. 즉 천리마 현실을 전면적으로 반영하며 시대의 영웅인 천리마 기수들의 전형을 창조함으로써 인민 대중의 공산주의 교양에 이바지해야 할뿐만 아니라, 긍정적 모범에 의해 부정이 극복되는 천리마 현실에 맞는 갈등을 설정하고 있다.6)

따라서, 문학 분야에서도 이 천리마 운동을 반영하는 문제가 중심된 과제로 제기된다. '천리마 운동'은 단지 생산 독려의 방법만이 아니라, 모

---

5) 박종원·류만, 『조선문학 개관』, 인동, 1988
6) 김종회 편, 『북한문학의 이해』, 청동거울, 199. 136쪽.

든 노동자들을 공산주의 사상으로 교양 개조하는 수단으로 사용되게 되었다. 사회주의를 더 빨리 건설한다는 명목 하에서 노동자들을 공산주의 사상으로 교양하고 개조함으로써 혁명적 열의와 창조적 재능을 높이 발현시키기 위한 사상 교양의 방법으로 활용한 것이다.

이러한 천리마 운동을 통한 사상 교양은 북한 아동들에게도 적용된다. 실제로 1960년대 초반에 창작된 북한의 아동 문학에서 그러한 모습들을 살필 수 있다. 특히 소년반 활동을 통해 '천리마 운동' 정신을 강조하고 있다. 이는 북한 문예 정책이 북한 소년·소녀들을 공산주의적 인간으로 창조하고자 한 것이다. 이러한 모습을 리우표 작, 신원식 곡인 경악극 〈바다는 우리의 실습장〉과 김근영의 〈은방울 꽃〉을 통해 살펴보기로 하자.

2-1. 기술 혁명을 통한 증산 운동 – 〈바다는 우리 실습장〉

경악극 〈바다는 우리의 실습장〉의 무대는 여름날 동해안의 어느 중학교 수산 실습장이다. 남녀 중학생 어로반원과 양식반원들의 노력 경쟁이 사건의 중심을 이루고 있는데, 특징적인 것은 작품 중간에 등장 인물들의 노래가 삽입되어 있다는 점이다. 이처럼 사건과 노래가 함께 어울려 있는 것이 북한 경악극의 특징이다.

막이 열리면 4, 5명의 남녀 학생들이 바위에 걸터앉아서 바다에 그물을 건지는 동무들을 바라보고 있다. 바다에는 기철과 춘옥 등이 있으며, 무대에는 준식과 명희 등 5, 6명이 있다. 이들은 모두 중학교 수산 실습을 하고 있는 어로반원들과 천해 양식반원 들이다. 바다로 나갔던 어로반원들이 잡은 고기를 들고 등장하면서 고급 어족과 최고의 기록을 자랑한다. 이에 천해 양식반원들도 곤포와 미역을 들고 등장하면서 학교 실습장에서만 2톤 가량의 수확을 할 수 있다고 확신한다. 그러면서 어로반원들과 천해 양식반원들은 각자 제일이라고 우기면서 훌륭한 기사들이 될 것을 다짐한다. 이러한 다툼의 장면은 다음과 같이 노래로 이루어져 있다.

> 어로반원 : 건착선 저예망선 깊은 바다 먼 바다 팔십만 톤 고기 잡는 어
> 　　　　　 로반이 제일이야.
> 양식반원 : 해삼 갈미 곤포 미역, 맛이 좋은 굴과 김도 양식장에서 나오지
> 　　　　　 요.
> 어로반원 : 사도리선 까딱까딱 양식장에 돌면서 곤포 미역 장난같이 큰
> 　　　　　 소리가 무엇이냐?
> 양식반원 : 생복 조개 보골보골 맛이 있게 먹고요. 외국에도 수출하여 우
> 　　　　　 리 자랑 떨치지요.
> 어로반원 : 팔십만 톤 높은 봉에 고기 타고 오르면 우리 생활 늘어가니
> 　　　　　 어로반이 제일이야.
> 양식반원 : 팔십만 톤 높은 봉에 천해 양식 하며는 우리 생활 늘어가니
> 　　　　　 천해 양식 제일이야.[7]

이처럼 각자의 반이 제일이라고 자랑을 하지만 어로반이면서 모범분
단 위원장인 기철은 두 가지 사업이 모두 중요함을 이야기한다. 그리고
둘 다를 잘 배워서 바다를 정복하는 기술자가 되어야 함을 강조한다. 이
에 어로반 춘옥은 여성호 영웅 선장이 될 것을 굳게 다짐하고 양식반인
창수는 민청호 2중 영웅 선장이 될 것을 다짐한다. 위원장인 기철도 지금
은 비록 수산 지식을 배우는 학생들이지만 모두 큰 희망을 가져야 함을
독려한다.

잠시 후 담임 선생님을 만나러 갔던 창수가 돌아와서 천해 양식도 잘
하면 영웅이 될 수 있다면서 기술을 잘 배워 천해 양식 영웅이 되겠다고
굳게 다짐한다. 그리고 춘옥은 요즈음 자신이 연구하는 물고기 음악에
대해서 이야기한다. 그 내용은 물고기들이 좋아하는 음악을 통해 고기를

---

7) 소년단예술써클자료집, 『즐거운 우리 무대』, 1963, 아동 도서 출판사(평양), 33
쪽.

모은 다음 어류 펌프로 고기를 잡는다는 것이다. 아울러 전기포 한방으로 수많은 고래를 잡을 수 있다는 것이다. 이처럼 춘옥은 바다에서의 전기화와 자동화가 과학적이며 예술적인 어로 방법이라고 생각한다. 그리고 기철은 이러한 희망을 실천하기 위한 방법으로 바다 지식을 잘 배워야 함을 다시 강조한다. 뿐만 아니라 바다에서 공산주의를 건설하는 미래의 정복자가 되어야 함을 어로반원들과 천해 양식반원들에게 역설한다.

이처럼 〈바다는 우리의 실습장〉은 어린이들에게 바다에 대한 지식을 부지런히 배우고 또 배워 훌륭한 수산 기술자가 될 것을 강조하고 있는 작품이다. 그러면서 어로 기술의 기계화와 자동화를 통해 과학적 어로 방법의 필요성까지 함께 강조하고 있다.

이는 천리마 운동을 통해 생산의 비약을 위한 기술적 진보와 과학성의 중요성을 보여 준 것이다. 현상에서 안주하려는 소극적이고 보수적인 태도가 아니라, 과학지식과 기술에 대한 전문성을 강조한 것이라 하겠다.

이와 아울러 천리마 운동이 요구한 역사적 비약의 꿈은 순수하고 열의로 가득찬 젊은이들과 보통 사람들의 노력과 투쟁의 모습으로 나타나는데, 이 시기 북한의 소년들에게도 예외는 아니었다. 특히 공산주의자의 고상한 풍모를 보여줌으로써 공산주의라는 미래가 멀지 않음을 형상화하고 있다. 그러나 이 미래가 당 정책과 노선에 의한 것이기에 당성에 충실해야 한다는 것이 미래를 꿈꾸기 위한 조건으로 제시되었다. 즉 천리마 기수들을 형상화함으로써 사람들을 긍정적 모범으로 교양할 것에 대한 당의 방침을 실현하는 좋은 수단으로 작용한 것이다.

2-2. 공산주의적 새 인간의 창조화 - 〈은방울 꽃〉

동극 〈은방울 꽃〉의 때는 현재(1963)이고, 장소는 어느 중학교 안에 있는 소공원을 배경으로 막이 오른다. 주인공인 '형국'은 공부와 학반 일에 좀처럼 관심이 없으며 오로지 축구에만 몰두하는 인물이다. 그런 그에게 반 친구들은 '토끼 당번(토끼를 기르는 일)'을 시킴으로 학반 일에 참여하도록 유도한다.

'형국'은 이 일로 인해 오히려 더 큰 반감을 갖게 되고, 반 친구인 '필남'과 다투는 일까지 벌어지게 된다. 그러자 반장인 '명숙'은 형국을 반 생활에 잘 참가시키는 방안으로서 형국에게 체육책임자의 책무를 맡기자고 제안한다. 형국이 가장 좋아하는 축구를 같이해서 형국과 친해진 다음, 공부도 가르치고 반 일에도 협조적인 인물로 만들자는 것이다.

이에 반 친구들이 모두 동의를 하고, 축구를 매개로 형국에게 가까이 다가간다. 반 친구들의 갑작스런 변화에 형국은 의아해 하면서도 매우 만족해하며 함께 축구를 한다.

이때, 형국과 '토끼당번'을 같이 하는 '정순'이 나타나 형국의 잘못으로 토끼가 설사를 하게 됨을 알린다. 토끼 설사에는 은방울꽃이 좋다는 사실을 알고 있는 필남은 은방울꽃을 찾으러 급히 가고, 축구를 하던 도중에 토끼가 설사를 한다는 말을 들은 형국 역시, 축구를 그만두고 은방울꽃을 구하러 간다.

이것은 낡은 사상을 가진 인물은 꾸준한 교양을 통해 새로운 인간으로 개조됨을 보여주는 부분이기도 하다. 즉 새로운 사회주의 국가 건설 과정에서는 형국처럼 누구나 낡은 사상의 잔재를 가지고 있기 때문에 잘못을 범할 수 있으나, 지속적인 교양과 관심으로 새 시대에 부응하는 새로운 공산주의적 인물로 창조됨을 보여주고 있다.

이는 잠시 후 나타난 형국과 필남의 화해의 행동을 통해 확실히 보여주고 있다.

   △ 모두 풀 숲에서 토끼풀을 한다. 이때 형국 토끼를 가슴에 안고

들어온다

형국 : (혼자 소리로). 느름뱅이야 왜 설사를 해(풀을 주며) 이게 은방울
　　　꽃이야 어서 먹어서(토끼가 먹지 않는다) 아니다(책을 들춰본다).
　　　그림하군 비슷한데……(무슨 생각에 잠긴다)
필남 : 자 이걸 토끼에게 줘.
형국 : …
필남 : 어서 줘.
형국 : (꽃을 받아 들고) 이것이 ？！…
필남 : 그래 이꽃이 은방울이야.
형국 : (웃으며) 그래! 그런 걸 난 또…
필남 : 토끼가 좋아 할거야 어서 먹여.
형국 : (은방울 꽃을 주며) 토끼야 이것이 진짜 은방울꽃이다. 자 어서
　　　먹어.8)

　형국은 토끼를 가슴에 안고 자기가 구해온 풀을 토끼에게 먹이려 하지
만 토끼는 먹질 않고, 형국의 변화된 모습에 감격한 필남은 이 광경을 잠
시 지켜보다가 자기가 구해온 풀을 형국에게 내밀며 그것이 진짜 은방울
꽃임을 알려준다. '토끼당번'일로 필남과 다툼까지 했던 터라 형국은 머
쓱해 하며 필남이 건내 준 은방울꽃을 받아 토끼에게 먹인다. 이 광경을
보던 반 친구들이 기쁨에 찬 웃음보를 터트리며 막이 내린다.

　이처럼 이 작품은 특출한 한두 사람의 힘으로는 공동체 생활을 유지할
수 없음을 보여주며, 모든 반원들이 일치 단결해야 함을 형상화하고 있
다. 이는 새로운 사회주의 국가 건설기에 접어 든 1960년대 북한사회의
한 단면을 제시하고 있는 것으로 짐작된다. 즉 낡고 부정적인 사고를 가
진 인물이 있다면 모든 근로 인민들이 사상 개조를 시켜 새로운 공산주
의적 인간형을 만들어야 한다는 것이다. 이러한 공산주의적 새 인간형은

---

8) 앞의 책, 21쪽.

전체 근로자들의 투쟁적이고 계속적인 사상 개조를 통해서만이 이루어진
다.

다음과 같은, 1960년 11월 27일 '작가, 예술인들과의 담화'의 내용에서
이 사실을 짐작할 수 있다.

> 오늘 우리 사회 제도 하에서는 누구나 다 공산주의적 새 인간으로
> 될 수 있습니다. 우리 제도 하에서 나쁜 길로 나가는 사람은 예외이고
> 절대 다수는 좋은 길로 나가고 있습니다. 그러므로 이들을 잘 교양하
> 면 다 훌륭한 공산주의적으로 개조하지 않고서는 사회주의의 완전한
> 승리를 달성할 수 없으며 공산주의 사회를 건설할 수 없습니다.[9]

이처럼 천리마 시대에 상응하는 문학 창조의 근본은 모든 사람들을 공
산주의적 새 인간으로 형상화할 때만이 가능하다. 그러기 위해서는 낡고
부정적인 사고를 지닌 채 나쁜 길로 나가는 인물들을 개조함으로써 새로
운 사회주의 국가 건설이 가능하다고 보았다.

Ⅲ. 맺음말

이상에서 1963년 아동도서 출판사(평양)에서 발간한 북한의 소년단예
술써클 자료집 『즐거운 우리 무대』에 수록된 동극 〈오누이〉와 〈배나무집
오누이〉을 통해서는 항일 혁명 전통과 주체적 문예의 전통을 살펴보았
고, 경악극 〈바다는 우리 실습장〉과 〈은방울 꽃〉을 통해서는 천리마 시대
의 문학적 전통이 1960년대 북한 아동극의 한 면모임을 간략히 고찰하였
다.

---

9) 『우리 혁명에서의 문학 예술의 임무』, 조선로동당 출판사, 1965. 29쪽.

북한의 항일 혁명문예는 주체적 문예전통을 마련하려는 시발점에서 시작된 것으로 보인다. 이는 김일성이 이끈 항일 혁명 역사가 공산주의 사상과 공산주의자의 전형을 보여준 유일한 전통으로 간주되었기 때문이다.

이러한 항일 혁명 전통의 계승을 1960년대 초반에 창작된 동극 〈오누이〉와 〈배나무집 오누이〉에서 살필 수 있었다. 이들 작품에서는 소년 단원의 활동을 부각시킴으로써 김일성의 항일 혁명을 더욱 강조하고 있음을 알 수 있다. 이는 북한 문예 정책이 항일 혁명 전통의 계승자로 북한 소년들의 활약상을 형상화하고 있음을 보여준 것이다.

이처럼 〈오누이〉와 〈배나무집 오누이〉에서는 김일성과 유격대 그리고 아동단의 연계성을 강조하였다. 이를 통해 북한의 아동 문학도 항일 혁명 문학의 전통 계승을 내세워 아동극 전개에 적용해 나간 것임을 알 수 있다. 이는 김일성이 이끌었던 항일 혁명투쟁에 대한 공감과 가치를 반영하려고 했을 뿐만 아니라 성장하는 소년들에게 김일성 우상화를 주체 문예의 전통을 고취시키고자 했던 것으로 여겨진다.

그리고 경악극 〈바다는 우리의 실습장〉과 〈은방울 꽃〉은 천리마 기수로서의 북한 소년들의 모습을 형상화하고 있다. 〈바다는 우리의 실습장〉에서 강조하는 것은 생산의 비약을 위한 기술적 진보와 과학성의 중요성이었다. 즉 현상에서 안주하려는 소극적이고 보수적인 태도가 아니라 과학지식과 기술에 대한 전문성을 강조한 것이라 하겠다. 그리고 〈은방울 꽃〉에서는 새로운 사회주의 국가 건설뿐만 아니라 천리마 시대에 부응할 수 공산주의적 새 인간 창조를 보여주고 잇다.

이는 '천리마 운동'이 단지 생산 독려의 방법만이 아니라, 모든 노동자들을 공산주의 사상으로 교양 개조하는 수단이기도 함을 보여준 것이다. 다시 말해 사회주의를 더 빨리 건설한다는 명목 아래 인민들을 공산주의 사상으로 교양하고 개조함으로써 혁명적 열의와 창조적 재능을 높이 발현시키기 위한 사상 교양의 방법으로 '천리마 운동'을 활용한 것이다.

이 글의 서두에서 밝힌 바와 같이 부족한 자료를 통해서라도 1960년대 북한 아동극의 한 단면을 볼 수 있었으면 하는 생각 때문이었다. 이러한 생각이 어느 정도 실현되었는지 가늠할 수가 없다. 하지만 어떠한 형태로든지 가능한 범위 내에서 1960년대 초반 북한의 아동극을 살피는 일은 오늘날 북한의 극문학을 새롭게 이해하는 데 나름의 의의를 가질 것이다. 이를 토대로 많은 논의가 진행되기를 바라면서 이 글을 마친다.

북한희곡선집 2

2004년 6월 25일 1판 1쇄 인쇄
2004년 6월 30일 1판 1쇄 발행

엮은이 ● 남전극작포럼
펴낸이 ● 한 봉 숙
펴낸곳 ● 푸른사상사

등록 제2 – 2876호
서울시 중구 을지로3가 296 – 10 장양B/D 202호
대표전화 02) 2268 – 8706(7) 팩시밀리 02) 2268 – 8708
메일 prun21c@yahoo.co.kr / prun21c@hanmail.net
홈페이지 //www.prun21c.com

ⓒ 2004, 남전극작포럼

값 14,000원

*2004년 한국문예진흥원 예술보존 · 조사연구지원을 받아 출판하였음.